로크미디어가
유혹하는
재미있는 세상

ROK MEDIA
로크미디어

짐승 같은
누님!

짐승 같은 뉴비 9

2022년 9월 15일 초판 1쇄 인쇄
2022년 9월 20일 초판 1쇄 발행

지은이 예정후
발행인 김정수 강준규

기획 이기헌 왕소현 박경무 강민구 조익현
책임편집 천기덕
마케팅지원 이원선

발행처 (주)로크미디어
출판등록 2003년 3월 24일
주소 서울시 마포구 성암로 330 DMC첨단산업센터 318호
Tel (02)3273-5135 **편집** 070-7863-0307 **Fax** (02)3273-5134
홈페이지 rokmedia.com **E-mail** rokmedia@empas.com

값 8,000원

ISBN 979-11-354-7467-5 (9권)
ISBN 979-11-354-7458-3 04810 (세트)

ROK MEDIA
로크미디어
짐승 같은 놈들
9
정후 퓨전 판타지 장편소설

Contents

푸른 기와집의 뉴비

관악산의 클랜 하우스.
나는 모든 클랜원들을 영내에 대기시킨 상태였다.

-국민 여러분께 알려 드립니다. 어젯밤 11시 49분 경, 세계 각지에서 대규모 차원 역류가 동시다발적으로 발생해…….

-긴급 재난 방송을 보내 드립니다. 오늘 오전 7시 30분을 기점으로 이인국 대통령이 긴급 명령을 선언하여 국내외를 오가는 모든 항공기와 선박 운항이 정지되었…….

-훈련 상황이 아닌 실제 상황입니다! 오전 9시부터 전국에 계엄령이 선포되어 모든 국민들의 이동 및 외부 활동이 일시적으로 금지되었습니다. 게이트 근처에 거주하시는 국민들은 즉시 대피해야

합니다! 다시 한번 알려 드립니다…….

TV 속 아나운서의 목소리는 점점 더 다급해지고 있다.

하지만 단언할 수 있다.

당장 한국에서는 그리 큰일이 벌어지지 않을 것이다.

그건 나를 비롯한 클로저스 연합의 헌터들이 최선을 다해 게이트들을 공략해 둔 덕분이기도 했지만…….

"어차피 통로는 일정 수준 이상의 외부 에너지가 집결되고, '강력한 침투 의지'가 투사된 공간에만 열릴 수 있다. 그러니까 당분간 이 근처에서는 열릴 일이 없겠지."

여전히 진세희의 몸을 움직이고 있는 자하르가 그것을 공언했다.

비슷한 경험을 가지고 있었기에 이엘린 또한 설명을 덧붙일 수 있었다.

"자하르 님이 말씀하신 '강력한 침투 의지'란, 저쪽 차원에서도 우리 차원으로 넘어오려는 '시도'가 있어야 한다는 뜻이에요. 그러니까 양측 차원의 의도가 맞아야 통로가 개설된다는 뜻이죠."

"이는 보통의 각 세계의 '수호령'들이 그걸 거부하기 때문에 일어날 수 없는 일이다. 하지만 수호령의 힘을 무력화시켰거나, 그 정신과 의지를 기만했다면?"

"……세계가 연결되고 차원 전쟁이 벌어질 수 있다는 말이죠. 마치 알을 깨고 나온 새들이 서로를 부리로 쪼는 것처럼."

"바로 그러하다! 어이, 엘프 왕녀, 듣던 것보다 더 머리 회전이 빠른 것 같은데?"

"자하르 님이야말로 차원 연결에 대해 많은 걸 알고 계시네요!"

"하하하! 경험이 곧 재산 아니겠느냐!"

"……."

'둘이 잘 노네.'

서로 얼굴에 금칠을 해 주는 이계인들을 보며 나는 피식 웃고 말았다.

하지만 함께 배석한 클로저스 연합의 간부들은 심각한 표정이었다.

"마스터, 북미 쪽 상황이 가장 위중한 것 같습니다. 그래도 멕시코는 미국의 지원을 받는 게이트 강국인데…… 발생한 차원 역류가 너무 컸습니다."

"유럽도 만만치 않아요. 유럽 한복판이나 다름없는 슬로베니아가 붕괴하는 바람에."

"남미와 아프리카에서는 상황 파악이 제대로 되지 않고 있어. 키르기스스탄은 그래도 비교적 역류가 작았던 것 같은데……."

헌드레드, 춘향 선배, 이코의 설명.

세계 각지가 뒤집히면서 각국은 외부 상황을 파악하기 위해 최대한의 노력을 기울이고 있었고, 현재 대부분의 정보가 헌터들의 네트워크에서 파악되는 형편이었다.

군사 위성을 띄우더라도 마력에 의한 피해 규모를 파악하기는 한계가 있는 탓이었다.

나는 시선을 돌리며 입을 열었다.

"결사단은?"

그러자 한쪽 구석에서 조용히 침묵을 지키고 있던 한겨울이 입을 열었다.

"건재해요. 모두 존 메이든에 대한 복수심으로 불타고 있어요."

"존 메이든에게 배신당했다고 생각하는 모양이군."

"아닌가요?"

"틀린 말은 아니지. 동지들을 공격했으니까."

"네, 용서할 수 없어요. 절대로!"

한겨울 또한 무서운 눈빛을 번쩍이고 있었다.

사실 당연한 일이다.

이 아이에게는 존 메이든을 증오할 충분한 자격이 있다.

올노운이라고 불렸던 그녀의 아버지는 아직도 돌아오지 않았고.

—호주의 대표 헌터인 '넌크리드'가 죽은 채로 발견되었다고 합니다. 심장이 사라진 상태였다는 걸로 봐서, 역시 존 메이든이 계승

기능을 사용하기 위해 그를 살해한 것으로 추측…….

결국 결사단의 다섯 번째 '눈'인 넌크리드의 사망 사실이 확정되었다.

이 사실을 나에게 알리며, 한겨울은 무척이나 음울한 눈을 하고 있었다.

어쩌면 그의 아버지 또한 죽음에 가까운 상태일지도 모른다.

단지 아직 숨이 끊어지지 않았기에 그의 계승이 이뤄지지 않았을 뿐이라면.

'……이성을 잃고 날뛰는 한겨울을 막아야 할 수도 있겠어.'

한성우-한겨울 부녀는 상당히 특별한 역사를 가지고 있다.

그러니 이런 식으로 이별을 겪게 된다면, 한겨울은 상실감을 버티지 못할 확률이 컸다.

나는 작게 한숨을 내쉬었다.

'한성우가 살아 있어야 할 텐데.'

하지만 한겨울이 아버지와 재회하는 것도 차원 전쟁에서 살아남아야 가능한 일이었다.

"……."

한쪽 구석에서 꾸벅꾸벅 졸고 있는 철만 아저씨를 바라보았다.

아저씨는 내가 구해 온 '풍요의 도리깨'를 가지고 연구에 들어간 상태였다.

본격적인 전쟁이 벌어지기 시전에 식량을 증폭시키는 아티팩트를 개량하고, 비슷한 아티팩트를 제작해서 공급할 목적이었다.

이 또한 쉽지 않은 여정이 될 터.

도리깨를 분해하고 분석하는 작업이야 나를 비롯한 마법사들의 도움을 받으면 되겠지만…….

'도리깨를 대량 생산하려면 제작 재료를 수급해야 한단 말이지?'

그런데 재료의 유통 경로들이 벌써 차단되기 시작했다.

공인 거래소, 암시장, 보따리상인…….

경로를 가리지 않고 모조리 문을 걸어 잠근 상태였다.

눈치 빠른 상인들답게, 상황이 심상찮음을 알아차리고 재빨리 행동에 들어간 모양이다.

어쩌면 우리가 직접 재료를 구하러 다니는 상황이 올지도 모르겠다.

그러다가 문득 얼굴 하나가 떠올랐다.

'……장세현.'

녀석은 나에게 돌아오지 않았다.

암암리에는 여섯 형제단이 와해되어 신인류의 휘하로 들

어갔다는 소식도 들려오는 상황.

어쩌려는 건지.

'설마 정말로 신인류에 가담하려는 건가?'

생각만으로도 착잡해지는 기분이었다.

만약 그렇다면, 우린 세현이를 적으로 만나게 될 테니까.

'그래도 상황이 나쁘기만 한 건 아니야.'

녹왕이 진세희의 육체를 차지한 채로 지구 세계에 합류하면서, 붉은손 클랜은 퀸쿼러스 연합에서의 활동을 중지했다.

다른 클랜 마스터들이 뭐라고 하든 말든 신경 쓸 필요가 없는 자하르가 모든 클랜원들에게 대기 명령을 내린 덕분이었다.

이것만으로도 전력의 균형이 무너진 상황인데.

'거기다 강행군을 겪으면서 내 휘하의 헌터들이 대거 레벨업을 이뤘지.'

이제는 병력의 양과 질 모두에서 퀸쿼러스 연합에 밀리지 않는 상황이 되었다.

아니, 오히려 압도한다고 볼 수 있다.

저쪽에서는 진세희와 주축 클랜이 빠졌는데, 이쪽에서는 자하르라는 괴물이 채워진 데다 전체적으로 더 성장하고 있으니까.

퀸쿼러스에서도 전세가 역전되었음을 깨달은 걸까.

새로운 판을 깔기 위한 상대의 움직임이 포착되었다.

그 입질은 곧바로 왔다.

"백수현 마스터! 나랑 같이 갈 데가 생겼네, 지금 즉시!"

"청와대입니까?"

"응? 아니, 그걸 어떻게……?"

"가시죠."

클랜 하우스로 들어서며 어리둥절한 표정을 짓고 있는 유광명 청장 대행.

나는 그를 곧바로 돌려세웠다.

"기다리고 있었습니다."

대통령의 호출.

이건 예정된 수순이었다.

청와대 본관, 2층 대통령 집무실.

노년의 남자 하나가 민머리에 흐르는 땀을 연신 닦아 내며 고민을 거듭하고 있었다.

이인국 대통령.

대한민국의 행정 수반이자 국군 통수권자인 그는 지금 고통스럽다는 듯이 얼굴을 찌푸린 상태였다.

참모진이 올린 일련의 보고서들 때문이었다.

〈국제 게이트 긴급 사안 보고〉

〈세계 클랜 협의회 및 미합중국 CBDC 관련 보고〉

〈국내 클랜 파벌 현황 보고〉

〈국내 게이트 긴급 조치 추진 보고〉

이외에도 여러 건의 보고서들이 그의 손에 들려 있었다.

머리가 터질 것 같은 기분이었다.

'미치겠군. 대체 어떻게 해야 하는 건가?'

세계 각지에서 동시다발적으로 일어난 대규모 게이트 역류.

미국과 존 메이든이 발령한 게이트 통제권의 일방적인 전환.

국내에서 벌어지고 있는 클랜 연합체들의 대립 구도까지.

'우리가 이걸 무슨 수로 통제한단 말인가…….'

이인국은 한숨을 내쉴 수밖에 없었다.

차원통제청이 행정부 산하 기관이라고는 하나, 사실상 그들은 독립적인 조직 체계나 다름없었다.

일반 사회와 마력 각성자들의 사회가 나뉘어 있다시피 한 탓이었다.

국가 단위의 군사력을 동원하려는 것이 아니라면 초인들의 세상에 개입할 수 있는 방법 자체가 없는 입장.

그렇기에 대통령은 추천을 받아서 임명권을 대리 행사할

뿐, 헌터들의 세계에 손대지 않는다.

그게 피차 이로운 일이었다.

하지만…….

'상황이 꼬였어. 누군가는 나서서 교통정리를 해야 해. 그러지 않으면…….'

정말로 대재앙을 겪게 될 것이다.

참모들이 올린 보고서는 각기 다른 내용을 품고 있었지만 그 결론만큼은 같았다.

그렇기에 클랜 마스터들을 전격적으로 청와대로 호출한 상황.

곧 회담이 시작되고, 이인국은 퀸쿼러스와 클로저스 사이에서 '선택'을 해야만 했다.

대통령은 무거운 한숨을 내쉬었다.

"올노운이 살아 있었다면 좋았을 것을."

한국 헌터계에서 대통령 이상의 위상을 가지고 있던 그의 공백이 새삼 아쉬웠다.

이인국이 쥔 보고서들 또한 '올노운의 후계 문제'를 다각도에서 다루고 있었다.

대체 누구에게 올노운의 역할을 대신하게 할 것인가?

1. 진세희

명실상부 2위 규모의 클랜인 '붉은손'의 클랜 마스터이자 국

내 랭킹 2위의 헌터.

현재 레벨은 90 이상으로 추정됨.

전임 차원통제청장인 김서옥을 통해 존 메이든과 연결될 가능성이 있음.

2. 백수현

R등급에 불과한 신인 헌터이나, 이집트 소유의 등급 외 게이트에서 세계 1위의 기록을 수립한 바 있음.

현재 레벨은 80 내외로 추정되나, 올노운 이상의 헌터가 될 가능성이 있다고 판단됨.

3위 규모 클랜인 '이스케이프'의 정석진, 세계적인 아티팩트 장인 '마이스터' 손철만과 친분이 있는 것으로 추정됨.

"……."

두 선택지 사이에서 깊은 생각에 잠긴 이인국 대통령.

자신의 이 선택이 어쩌면 한국의 명운을 바꿀 수도 있다고 생각하니 입안이 바짝바짝 마르는 기분이었다.

'올노운 이상의 헌터가 될지도 모른다니, 미래를 생각하자면 백수현인가? 그렇지만 안정성이나 존 메이든과의 연계라는 장점을 보자면 진세희일 테고…….'

이인국은 머리가 터질 것 같은 고뇌 속에서 나름의 결정을 내렸다.

하지만 초청받은 클랜 마스터들이 회의실로 입장한 직후.

"반갑습니다. 이인국입니다. 우선 위중한 시기에 어려운 발걸음을 해 주신 여러분께 감사하다는 말씀부터 드리겠습니……. 음?"

앞서의 고민과 결론은 쓸모없는 것이 되고 말았다.

장내를 향해 인사말을 건네던 이인국의 표정에 물음표가 와르르 찍혔다.

'뭐지?'

진세희와 백수현.

보고서에 의하면 분명 견원지간으로 대립각을 세우고 있어야 할 두 사람이었는데?

"음, 저…… 그런데 진세희 마스터? 실례지만 왜 거기에 앉아 있으십니까……?"

어찌 된 일인지 진세희가 백수현의 바로 옆자리에 앉아서 뜻 모를 미소를 짓고 있었다.

마치 다정한 사이인 것처럼 찰싹 달라붙은 모양새.

클랜 마스터들 또한 당혹스러운 상태였다.

특히 퀀쿼러스의 멤버들은 입을 쩍 벌린 채 주먹을 부들부들 떨고 있었다.

그러나 진세희의 몸을 가진 자하르는 보란 듯이 빙긋 웃음을 지었다.

"왜요? 그러면 안 되나요?"

안 되는 건 아니지만.

아니, 안 되는 것 같은데.

"대통령님."

최원호가 입을 연 것은 바로 그때였다.

"죄송한 말씀입니다만, 저희가 지금 안부 인사나 주고받을 때가 아니지 않습니까?"

"예?"

"오늘 여기에 각 클랜 마스터들을 모두 불러 모으신 것, '페이즈 2'가 진행되고 있기 때문 아닙니까? 촌각을 다투는 긴급한 일일 텐데요."

이인국의 얼굴이 딱딱하게 굳어졌다.

"그걸 알고 계셨습니까?"

"예."

게이트 페이즈 2.

대통령의 손에 들려 있는 보고서에 정확히 그 내용이 담겨 있었다.

〈게이트 시스템의 '특이점 변화' 관측 보고〉

지금 세계 각지는 걷잡을 수 없는 소용돌이 속으로 시시각각 빨려 들어가는 중이었다.

페이즈 2는 하얀 우유 위에 물감을 툭툭 떨어뜨리는 것처럼 세계 각지에서 번져 나가는 중이었다.

다행스럽게도 한국은 아직 그 영향권 안에 들지 않은 상태였으나, 추세로 보아서는 사흘 안에 시작될 예정이었다.

그리고 이는 각국 정부의 수반들에게도 제대로 알려지지 않은 극비 정보였다.

이인국 대통령은 떨리는 눈으로 최원호를 바라보았다.

"백수현 마스터, '페이즈 2'에 대해 어떻게 알고 계신 겁니까?"

"어떻게라뇨?"

"그러니까, 정확히 어디까지 알고 계신지……."

"아."

최원호는 짧게 답했다.

"존 메이든만큼 알고 있습니다."

"예? 아니, 그럼 CBDC만큼의 정보력을 가지고 계시다는 말씀입니까? 혹시 출처 검증은……."

"……대통령님."

최원호는 상대의 말허리를 자르며 곧바로 본론으로 들어갔다.

"만약 여기서 제 요구 사항이 만족된다면 즉시 출처 검증

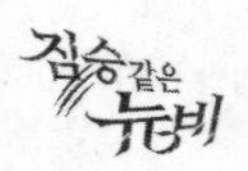

을 해 드리고, 지금까지 수집된 모든 정보를 공유해 드리겠습니다."

"으음, 어떤 요구 사항입니까?"

"세계 클랜 협의회의 협력 국가 명단에서 대한민국의 이름을 삭제하고 차원통제청을 해산시켜 주십시오. 그리고 게이트 관리 전권을 클로저스 연합에 맡겨 주십시오."

"……!"

충격적인 제안에 분위기는 혹한이 몰아친 듯 얼어붙었다.

그러나 최원호는 무표정한 얼굴로 말을 이어 갔다.

"그럼 저희가 우리나라에서 모든 게이트를 지워 버릴 겁니다. 아니, 전 세계의 게이트가 완전히 박멸될 겁니다."

"허어……."

대담한 선언에 이인국 대통령은 주름진 눈가를 찡그리며 생각에 잠겼다.

'놀랍군.'

상대는 마치 이 보고서들과 자신의 속내를 훤히 꿰뚫어 본 것처럼 정확하게 화두를 짚어 냈다.

게이트 관리권.

이인국은 올노운의 후계 구도를 정리하면 이 문제를 해결할 수 있을 것이라고 예상하고 있었다.

'CBDC만큼의 정보력을 가지고 있다는 게, 허언이 아닐지도 모르겠구먼.'

약 보름 전, 미국 측의 일방적인 선언에 의해 한국의 게이트 관리 체계 자체가 무색해졌다.

뒤이어 세계 각지에서 게이트들이 역류하며 국제적인 위기가 닥친 상황.

'국민들이 게이트를 두려워하기 시작했다…….'

정치적으로 보자면 게이트를 '관리'하는 차원통제청이라는 정부 기관의 존립 근거가 뒤흔들리고 있었다.

아예 판을 바꿔야 한다.

이인국은 그 작업의 첫 단추를 꿰기 위해서 클랜 마스터들을 청와대로 초청한 참이었다.

그런데 백수현은 이미 다 알고 있었다.

"알고 계신다니 자세한 설명은 줄이겠습니다. 하지만 말씀하신 사안들이 곧바로 진행될 수 있는 일은 아닙니다."

"자세한 설명 부탁드립니다."

"우선 특히 세계 클랜 협의회에서 당장 탈퇴하는 것은 미국 측을 크게 자극할 수 있는 일입니다. 여기서 차원통제청을 해산시킨다면 소속되어 있던 공무원들의 처우 문제도 있고, 무엇보다 국민들께서 크게 불안하게 생각하실 겁니다. 국회에서 저를 가만히 두겠습니까?"

"그럼 공기업으로 전환하고 저희 연합과 MOU를 맺는 방식으로 하시죠."

"아, 그렇게 되면……."

"혹시 정치권에서 문제를 삼는다면 제 이름을 파십시오. 그런 게 정치잖습니까? 명분과 실리를 연결 짓는 것."

"허허허! 게이트 헌터께서 정치의 본질도 꿰뚫고 계시는군요."

클로저스에게 게이트 전권을 넘기는 것이 기정사실인 것처럼 대화를 나누는 두 사람.

"백수현 헌터!"

대뜸 고함을 내지른 사람은 김주석이었다.

'아이언팩토리'의 클랜 마스터로서 진세희와 함께 퀀쿼러스 연합을 이끌던 실질적 지도자.

깜짝 놀라서 숨을 멈춘 이인국 대통령이 지켜보는 가운데, 김주석은 짐짓 최원호에게 노기를 드러내며 호통을 쳤다.

"대통령에게 예의를 갖추시게! 우리 헌터들이 아무리 국적 따지지 않고 옮겨 다닌다고 해도! 그래도 지켜야 할 선은 있는 법이야! 양아치도 아니고, 버르장머리 없이 지금 뭐 하는 건가!"

명백한 억지였다.

한국 게이트계의 주도권을 거머쥘 생각으로 참석했는데, 말 한번 제대로 꺼내 보지 못하고 상황이 흘러가는 것을 두고 볼 수만은 없었던 것이다.

최원호는 대답 없이 고개를 돌려 자하르를 쳐다보았다.

그러자 진세희의 입이 움직였다.

"언제부터 그렇게 예의범절을 따지셨다고 그러시나요?"

"뭐요?"

"김주석 마스터의 신조, 아마 '힘이 곧 서열이다'였던 것 같은데……. 그새 바뀌었습니까?"

그러자 김주석이 연기하던 분노에 금이 갔다.

남자의 표정이 차갑게 식으며 서늘한 미소가 서렸다.

"진세희 마스터, 정말 백수현한테 붙어먹으시겠다는 건가? 이렇게 쉽게 말을 갈아타면서 양심에 가책도 없으시오?"

김주석이 빈정거리자 도화선에 불이 붙듯 성토가 시작되었다.

"진세희 마스터! 우릴 배신하다니!"

"처음부터 이럴 속셈이었나?"

"시건방진 짓거리를……!"

퀸쿼러스 측 클랜 마스터들이 일제히 목소리를 높이면서 분위기는 순식간에 험악해졌다.

헌터들 사이에서 일반인에 불과한 이인국 대통령의 얼굴이 파랗게 질렸다.

대통령 경호팀 소속 헌터들이 이를 악물며 달려 나오려고 하던 그때.

그 순간 최원호가 몸을 일으키며 입을 열었다.

"이제 피차 예의 없는 건 비슷한 것 같네."

그리고 일거에 권능을 쏟아 냈다.

[권능 : '늙은 산군의 기백'.]

휘우우우우우우우—!

별안간 실내에 돌개바람이 몰아치며 그림자가 스쳤다.

장내의 모든 이들은 실감할 수밖에 없었다.

'방금, 뭔가……!'

'……짐승이 튀어나왔어?'

제자리에서 가만히 몸을 일으킨 최원호의 배후.

거대한 네발짐승의 형상이 어른거리며 자신의 흉포함을 숨김없이 드러내고 있었다.

"민간인이 있는데 무슨 짓을 하는 건가, 백수현!"

김주석 또한 마력을 일으켰다.

그러나 최원호는 입술을 비틀며 해청을 뽑아 들었다.

"먼저 시작한 게 누군데, 이제 와서 개소리야?"

"뭐?"

"더러운 수 쓰지 말라고."

"……!"

사실 마력을 먼저 사용한 쪽은 김주석이었다.

대통령에게 예의를 갖추라며 소리를 질렀을 때.

김주석은 아주 희미한 위압감을 숨겨서 이곳에 풀어놓았다.

경지에 이른 헌터들이라도 제대로 인지하기 어려울 만큼

약한 힘이었지만…….

이인국과 같은 일반인은 은연중에 압박감을 느끼게 되는 아주 교묘한 수법이었다.

"내가 모를 줄 알았어? 그래 놓고, 뭐? 버르장머리가 어째? 아주 뒈지고 싶어서 용을 쓰는군. 칼 뽑아. 퀸쿼러스 연합인지 바퀴벌레 연합인지, 여기서 다 터트려 죽여 버릴 테니까."

"……."

최원호가 칼날을 겨눈 채로 빈정거리고 있었지만 김주석은 무어라 입을 열 수가 없었다.

할 말이 없어서가 아니라 어깨를 짓누르는 거대한 힘의 압박에 말문이 막힌 상태였다.

어슬렁거리며 이빨을 드러낸 대호의 존재감까지.

등허리에서 식은땀이 줄줄 흘러내릴 지경이었다.

'빌어먹을, 대체 언제 이렇게 강해진 거지?'

아직 멀었을 것이라고 생각했는데.

완전히 오판이었다.

"오, 오해가 있군."

김주석은 마른침을 꼴깍 삼키면서 풀어놓았던 모든 힘을 회수했다.

일단 꼬리를 내리기로 했다.

"백수현 헌터, 여기서 싸우자는 이야기는 아니었네."

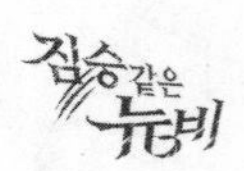

"오, 그래? 난 싸우고 싶은데?"

"그렇다면 청와대보다 더 좋은 장소가 있을 걸세. 적어도 오늘은 아니라는 말이지."

"태세 전환이 빠르시네."

"그렇게 보였다면 유감이군. 하지만 헌터로서 '당연한 일' 아니겠나."

"태세 전환이 당연한 일?"

"아니, 한국인 헌터로서 청와대를 지키는 것 또한 무척 '당연한 일'이라는 말일세."

'하, 이 능구렁이가…….'

김주석의 입에서 나올 말을 눈치챈 최원호는 헛웃음을 짓고 말았다.

이인국 대통령을 짧게 일별한 김주석이 말을 이어 갔다.

"백수현 헌터, 적어도 우리는 보통 사람들과 어울려 살아가는 법을 알고 있네. 게이트를 공략하고 자원을 개발하는 것도 전부가 그런 의미가 아니겠나?"

"……."

"지난 4년 동안 도대체 어디서 뭘 했는지 아무것도 알려지지 않은 헌터와는 많이 다르지. 그러니까 나와 싸우고 싶다면 추후에 택일을 하도록 하세나. 내 기꺼이 응하겠네."

무척이나 노골적인 언변이었다.

자신의 장점을 내세우고 최원호를 깎아내리면서 대통령의

선택을 가져오겠다는 정치질.

머릿속에서는 계산이 이루어지고 있었다.

'정치인들은 리스크를 싫어하지. 저 통제할 수 없는 짐승 같은 녀석의 이미지를 한 번 더 되새겨 줄 필요가 있어.'

게다가 싸움을 피하지 않겠다는 자세를 취하면서 자신과 '백수현'을 동일선상에 놓기까지 했다.

김주석은 손바닥을 펼치며 공세를 이어 갔다.

"보게. 세계 곳곳에서 게이트가 역류하고 있잖은가? 자네가 될성부른 헌터라는 거야 나도 인정하지만, 그런 치기 어린 자세로 상황을 그르칠 때가 아니야. 보다 경험이 많고, 연륜이 있는 어른이 이끌어야 하는 시기 아니겠나?"

그러자 이인국의 눈빛이 살짝 흔들렸다.

의도가 뻔히 보이긴 했지만, 일리가 있는 말이었으니까.

어찌 된 일인지 진세희가 자리를 바꿔서 앉은 지금, 노련한 김주석이야말로 한국의 게이트 상황을 정리할 적임자일지도 모른다.

그때였다.

"하긴. 확실히 그런 쪽으론 내가 좀 불리하긴 하네. 그건 인정하지."

최원호가 피식 웃으며 자리에 앉았다.

상대가 말한 대로 지금 청와대에서 치고받을 수는 없는 노릇이었다.

하지만 다음 순간.

[권능 : '암살자 원숭이의 보이지 않는 손'.]

"커억!"

암수(暗手)가 김주석의 목을 움켜잡았다.

조금만 더 힘이 가해진다면 목울대가 모조리 뜯겨 나갈 것처럼 강력한 힘.

'이런 미친놈이……! 디스펠! 디스펠!'

김주석은 황급히 마력을 일으켜서 상대의 마법에 대항하려 했다.

어차피 지근거리고, 별다른 엄호도 없으니 마법 파훼는 어렵지 않으리라고 생각했다.

그러나 착각이었다.

'뭐야? 마법이 아니야?'

당황스럽게도 아무것도 걸리는 것이 없었다.

감각을 한껏 펼쳐 보았으나 이 공간에 머무르는 마력이 없었던 것이다.

이는 당연한 일이었다.

최원호가 다루는 세비지 에너지는, 지구의 마력과 근본적으로 궤를 달리하는 힘이기 때문이었다.

김주석의 숨구멍을 틀어쥔 최원호가 심드렁한 얼굴로 입

을 열었다.

"하지만 당신은 그냥 헌터로서 불리하지. 약해 빠졌으니까. 내가 뭘 하든 대처조차 못하니까. 아까 청와대를 지키고 싶다고 했지? 솔직히 믿기진 않는데……."

"끄어억!"

"아무튼 그 각오가 진심이더라도 무슨 소용이야? 존 메이든이 마음먹고 밀고 들어오면 손도 못 쓸 텐데. 당신이 그 괴물을 상대로 손가락 하나나 자를 수 있을까? 아니, 바짓가랑이라도 잡을 수 있으려나?"

"……."

잠자코 듣고 있던 이인국 대통령의 표정이 다시 변했다.

비로소 확신을 가진 눈빛.

최원호는 쐐기를 박듯 말했다.

"우린 게이트를 닫는 헌터다, 네 편 내 편 갈라서 패싸움하는 건달들이 아니라. 근데 뭔 말이 그렇게 많아? 그렇잖아도 약해 빠진 노인네가 조잘조잘 시끄럽기는."

"콜록! 콜록!"

당장 김주석의 목을 꺾어 놓고 싶었지만 차마 대통령을 비롯한 일반인들이 보는 앞에서 그럴 순 없었다.

그리고 아직은 쓸모가 있는 장기짝이었다.

김주석을 놓아 버린 최원호는 퀀쿼러스 측 클랜 마스터들을 주욱 훑어보았다.

그들은 뒤늦게 떠올렸다.

그레이퀸, 오성재, 헤비이스트.

시베리아로 '백수현'을 사냥하러 갔었던 클랜 마스터들이 아직도 복귀하지 않았다는 것을.

어쩌면 저 짐승에게 거꾸로 사냥당했을지도 모른다는 우스갯소리를 했었는데…….

'설마?'

'정말로?'

강자가 손에 피를 묻히기를 전혀 두려워하지 않는다.

다음 먹잇감은 누가 될지 모른다.

"……."

이 사실 앞에서 약자들은 얌전히 입을 다물고 시선을 내리깔 수밖에 없었다.

최원호는 이인국을 향해 돌아섰다.

"마음이 정해지셨습니까?"

대통령이 천천히 고개를 끄덕였다.

어쩌면 진세희가 옆자리에 앉았을 때부터 정해진 일일지도 모르겠다.

"백수현 마스터와 클로저스 연합에 게이트에 대한 전권을 드리겠습니다. 절차와 방법에 대해서는 논의가 좀 더 필요하겠지만…… 그리 오래 걸리진 않을 겁니다."

이인국의 말에 퀀쿼러스 측 헌터들은 탄식을 삼켰다.

특히 이제 단독 수장이 되었음에도 김주석은 똥 씹은 표정으로 목 언저리를 어루만졌다.

최원호는 피식 웃었다.

'정말로 날 제칠 수 있을 거라고 생각했나?'

노인네가 꿈도 야무지군.

어쨌거나 이만하면 소기의 목표는 이룬 셈.

"좋습니다. 잘 생각하셨습니다. 나머지 일들은 저희 간부들 통해서 진행시키겠습니다."

"알겠습니다, 백수현 마스터."

'백수현 마스터.'

몸을 일으키던 최원호가 잠시 멈칫했다.

그는 한쪽 구석에 앉아서 회의 내용을 정리하고 있던 유광명에게 시선을 던졌다.

"……이 자리를 빌어서 제 본명에 대해 확실하게 말해 두겠습니다. 유광명 헌터님, 언론에 보도해 달라고 제대로 요청해 주십시오. 제 본명은 '최원호'입니다."

하지만 놀라우리만큼 그 이야기는 조금도 보도되지 않았다.

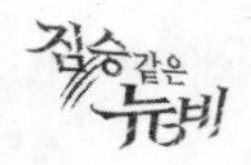

[더 게이트] '계엄령 선포' 이인국 대통령, 청와대에서 클랜 마스터들 접견한 것으로 알려져…… 무슨 이야기 나눴나?

[뉴스 오브 헌터] 전 세계에 닥친 게이트 역류 사태, 청와대의 해법은?

[마이 히어로] 유광명 차통청장 대행, "곧 중대 발표 있을 것" (1보)

청와대에서 클랜 마스터들이 회동을 가진 것에 대한 속보들이 가장 먼저 쏟아져 나왔고…….

[오늘의 공략] 충격! '퀀쿼러스 연합 탈퇴' …붉은손 클랜 왜 이러나? "책임감 없는 처사" 비난 폭주

[데일리 게이트] 돌변한 진세희 '퀀쿼러스 나몰라라' 갑작스러운 변심의 이유는?

[헌터 포커스] 퀀쿼러스 측, 일제히 반발 "백수현과 붙어먹을 속셈이냐" "시건방진 ××" 막말과 고성이 오갔던 청와대

진세희의 몸을 차지한 자하르의 도발에 클랜 마스터들이 게거품을 물었다는 기사들이 업로드되었다.

그리고 다음으로 보도된 것은 '의심'이었다.

[영웅일보] '국제 게이트 사태' 대응법 고심하는 대통령의 복안은

'백수현'……?

[게이트 저널] 청와대 고위 관계자 "백수현, 게이트 전권 위임받았다" 현재 진위 확인 중

[GATE USA] S.Korea, 세계 클랜 협의회에 보안 공문 발송 "협력국 탈퇴하겠다." '충격과 공포!'

존 메이든의 '게이트 관리' 통보를 깡그리 무시한 것도 모자라서, 세계 클랜 협의회에서 발을 빼겠다고 선언했다.

올노운의 사망 소식 이후로 존재감을 대폭 잃어버린 한국에서 감히 취할 수 있는 태도가 아니었다.

너무나 파격적인 행보에 언론은 도저히 믿을 수가 없다는 반응을 보이고 있었고, 사람들 역시 마찬가지였다.

—뭐야? 뭔 일이 벌어지고 있는거여?

—머선129!!!!!!

—게이트 때문에 게엄령 선포된 것도 레전드.. WCA 탈퇴한 것도 레전드..

—형님들 제가 잘 이해가 안 돼서 그러는데 다른 나라에서 차원 역류 좀 일어났다고 국가 봉쇄하는 게 정상인가요?

—ㄴ내말이 ㅋㅋㅋ 우리랑 뭔 상관이냐고

—한국인 종특 설레발 쌉오짐 ㅇㅈ? 인정하냐고 색기들아

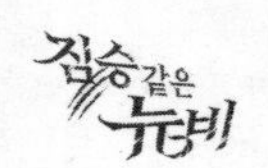

클로저스가 게이트 폐쇄에 힘을 쏟은 결과, 한국에서는 게이트 역류가 아직 일어나지 않은 상태.

대중은 상황을 제대로 파악하지 못한 상태였다.

—하.. 얼마 전까지만 해도 올노운급 헌터 하나 더 생긴다고 좋아했는데..

—아아 '그 녀석'을 말하는 건가?

—매국헌터ㅋㅋㅋㅋㅋㅋ

—원정남ㅋㅋㅋㅋㅋㅋㅋㅋㅋㅋㅋㅋㅋ

—백 the russian 수현ㅋㅋㅋㅋㅋㅋㅋㅋ

—백불곰 세끼가 뭔 게이트 책임자? 돼지불백이나 처먹으라고 해라

최원호에 대해서도, 여론은 여전히 퀸쿼러스가 만든 프레임에 갇혀 있었다.

하지만 그날 저녁이 되자 여론은 180도 뒤집힐 수밖에 없었다.

[더 가디언즈] 일본, 은양성 클랜원 전체 소집…… "한국이 세계 게이트 안보를 저해하고 있다" 행동 개시 선포!

[BCC Gates] 존 메이든과 협력하는 대표 헌터 TenRyu, "다케시마부터 점령하여 경고장 보낼 것"

[게이트 타임즈] '영원한 숙적' 일본의 선전포고를 받은 한국의 대응은?

……독도.

존 메이든의 편을 택한 일본이 한국을 조롱하듯 민감한 부분을 찌르며 들어왔다.

그로 인해 인터넷 여론은 폭발했다.

—이런 개씨×?

—야 이 씨×럼들이ㅣㅣㅣ

—독도ㅋㅋㅋ 이건 못 참지ㅋㅋ 저 새끼들이 겁도 없이 한국인 발작 버튼을 누르네ㅋㅋㅋ

—지금 일본놈들 일부러 그러는 거다,, 천조국 성님들 믿고 덤비는 거ㅂㄷㅂㄷ

—진짜 뭔가 분위기 심상치 않긴 하네 일본이 헌터들 앞세워서 나서는 거 보면

—ㄴ나도 ㄹㅇ쎄했음 일제강점기 다시 시도할라고 하는 느낌 아니냐???

—제발 저 색기들 조져줬으면 좋겠다

—수현이형..? 보고 있어..?

—나 믿어 수현이형 믿어!!!

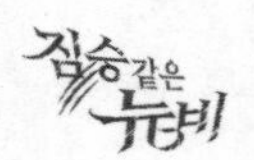

그때 최원호는 새로운 손님과 마주 앉아 있었다.

"……."

"백수현, 실제로 보는 건 처음이로군. 난 '레이황'이라고 하는 사람이다."

중국의 1인자, 레이황.

서툰 한국어로 최원호에게 인사를 건넨 중년의 남자는 어딘가 서글픈 미소를 짓고 있었다.

한편 새벽 운무를 휘감은 동해.

일본 해상자위대가 자랑하는 이즈모급 함선이 해수면을 가르며 이동하고 있었다.

10여 대의 전투기도 뜨고 내릴 수 있을 만큼 거대한 모함의 갑판 위에서 두 남자가 만났다.

"만나서 반갑습니다. 저는……."

"당신이 김주석입니까?"

"그렇습니다. 예전에 뭄바이 '거울 공원' 게이트 공략에서 뵌 적 있습니다."

"음, 그래요? 다시 만나니 반갑군요. 반가워요."

한국어는 유창하게 구사하면서도 자신은 전혀 기억하지 못하는 상대.

하지만 김주석은 불만 따위 가지지 않았다.

오히려 한껏 자세를 낮추었다.

“허허, 다시 뵙게 되어 영광입니다…….”

김주석은 마른침을 삼키며 상대의 눈치를 살폈다.

마치 칼날처럼 날카로운 눈빛을 번쩍이는 미중년의 남자.

일본의 1위 랭커, 텐류.

한국식으로 읽자면 ‘천룡(天龍)’.

이른바 ‘전일제일(全日第一)’이며, 근접 전투와 원거리 전투에 모두 능한 올라운더였기에 ‘아시아의 황제’라고 불렸던 헌터였다.

‘그래, 한때는 정말로 아시아 전체를 대표하면서 세계를 호령하던 거물이었지.’

딱 중국의 레이황과 한국의 올노운이라는 경쟁자들이 등장하기 전까지는 그러했다.

대부(大斧)와 창에 능한 레이황은 텐류를 턱밑까지 추격했고, 올노운은 텐류를 아득히 뛰어넘어서 존 메이든과 비견되는 헌터로 성장했다.

그런 탓에 텐류는 하락세에 접어든 퇴물로 여겨지기도 했다.

하지만…….

[경고 : 상대의 영향력이 너무 강합니다. 마력 체계에 간섭이 일

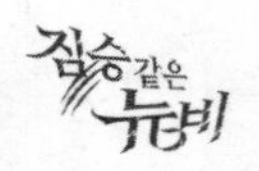

어납니다.]

[안내 : 마력을 일순하여 마력 체계를 보호하십시오.]

콰츠츠츠츠츠…….

텐류를 중심으로 마력의 파동이 흘러나오며 김주석의 몸을 밀어내고 있었다.

가만히 서 있자니 팔뚝의 피부가 저릿저릿할 정도의 압박감에 김주석은 속으로 씨익 웃었다.

'분명히 그놈 이상이야. 반드시 잡을 수 있어!'

청와대에서 백수현에게 굴욕을 당하고, 게이트 관리권을 놓친 직후.

김주석은 존 메이든의 연락을 받았다.

정확히 말하자면 그의 수족처럼 움직이는 옛 친구의 메시지였다.

—텐류와 일본이 나설 거야. 가서 협력해.

처음에는 거부하려 했다.

아무리 그래도 일본과 손을 잡는 것은 찜찜한 일이었으니까.

'상황이 마무리되더라도 후폭풍을 어떻게 감당한단 말인가?'

하지만 거부할 수 없었다.

존 메이든의 말을 전하는 김서옥의 목소리는 섬뜩할 정도로 단호했다.

—3일. 그 안에 백수현을 무력화시키지 못하면 한국 헌터들은 전부 '폐기 처분'이야. 이게 무슨 말인지 알겠어?

신인류는 이미 북미를 완벽하게 장악한 상태였다.

김주석은 아직 신인류의 일원으로 포섭되지 않았지만 그 영향력을 충분히 느끼고 있었다.

그러므로 일본과 협력하는 것은 불가피한 일이었다.

'한국 헌터들을 위해서라도 백수현을 밀어내야 한다.'

뭇 사람들은 당장 이해하지 못하겠지만.

역사가 훗날 자신을 올바르게 평가해 주리라고 생각하기도 했다.

그렇기 때문에 이 망망대해 한복판에서 일본 측과 몰래 접선하고 있었던 것이다.

텐류가 입을 열었다.

"김주석 마스터가 해 줄 일은 딱 하나입니다."

날카로운 눈빛이 동해 저편을 향해 쏘아진다.

완벽한 사냥꾼의 시선.

"저 바다 깊은 곳에다 아티팩트를 설치하는 겁니다. 그것

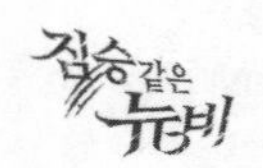

만 완벽하게 수행해 준다면 당신의 신인류 자격과 한국 내 지배권을 보장하겠습니다. 알겠습니까?"

"예."

"각오가 너무 무디군요. 기합을 넣으세요!"

"……예에?"

"더 큰 목소리로!"

"아, 옛! 알겠습니다!"

"좋아요. 좋습니다. 으흐흐흐흐! 크하하하하하!"

즐겁다는 듯이 광소를 터트리는 텐류.

"……?"

상대의 속내를 조금도 짐작할 수 없었던 김주석은 어리둥절한 상태였다.

'뭐지? 저건 디멘션 하트 아닌가? 그런데 부서져 있어……?'

아직은 신인류가 아니었기에.

텐류가 쥐고 있는 반쪽짜리 디멘션 하트의 의미를 전혀 알지 못했다.

11월 18일.

차원통제청은 '한국헌터지원센터'라는 공기업으로 개편되었다.

사실상 해체와 재편성이었다.

이는 도저히 하루아침에 될 일이 아니었지만, 특단의 조치들이 더해지면서 가능해졌다.

[영웅일보] 李 대통령, 긴급명령권 발동 '게이트 관리권, 민간으로 전면 이양한다'

[더 게이트] 청와대 관계자, "백수현이 우리 헌터계의 총사령관이 될 것"

[헌터 포커스] '한국헌터지원센터' 초대 수장은 홍대윤 前 안전국장

[게이트 투데이] 홍대윤 센터장, "클로저스 연합과 긴밀히 공조하여 세계 위기에 대처하겠다"

대통령의 긴급 명령이 떨어지고, 언론이 우왕좌왕하는 사이에 초대 센터장까지 임명해 버렸다.

'하여간 빨리빨리의 민족이란 말이지.'

청장 대행으로서 지고 있던 짐을 내려놓게 된 유광명은 무척이나 홀가분한 표정이었다.

"홍 국장이 잘할 거다. 업무 연관도 그렇지만, 이 녀석이 기본적으로 꼼꼼하거든. 전에 본 적 있나?"

알다마다.

"일전에 무진 그룹의 클랜 하우스가 폭격당했을 때 만났지

요? 홍대윤입니다, 백수현 마스터.”

“그렇군요. 취임 축하드립니다.”

“예, 앞으로 잘 부탁드리겠습니다. 그나저나 ‘눈’이 참 맑으십니다. 하하.”

……눈.

여덟 번째 눈.

‘이렇게 티를 내는군.’

차원통제청에서는 안전국장을 맡았으며, 한국헌터지원센터의 초대 센터장으로 임명된 홍대윤은 한국에 몇 없는 결사단원 중 한 사람이었다.

그렇기에 긴 말을 주고받을 필요가 없었다.

날 찾아온 홍대윤 센터장의 용건은 바로 결사단의 업무이기도 했다.

“레이황이 백수현 마스터를 만나고 싶어 합니다. 아마 지금쯤 서해를 직접 날아오고 있을 겁니다. 항공기 운행이 없기도 하고, 워낙 성격이 급한 양반이라서요.”

중국의 레이황은 일곱 번째 눈으로서 중요한 아군이며, 전부터 나를 만나 보고 싶다고 했던 인물이었다.

하지만 이미 일본과 텐류가 움직이고 있다는 것이 언론 보도로 알려진 상황.

나는 즉시 동해로 움직여야만 했다.

그런데 레이황은 기어코 날 찾아오겠다고 박박 우기고 있었다.

'대체 왜 갑자기?'

하지만 그 용건은 결코 무시할 수 없는 것이었다.

인사를 마친 레이황은 나에게 무거운 목소리로 경고했다.

"텐류가 계승을 마쳤다는 정보가 입수되었다."

존 메이든에 이어서 텐류까지?

디멘션 하트를 나누어 가졌던 동지를 살해했다는 건가?

'텐류의 계승자라면…….'

잠시 생각에 잠겼던 나는 충격과 분노로 입을 꾹 다물 수 밖에 없었다.

표정이 잔뜩 굳어진 레이황은 한숨을 푹 내쉬었다.

"너는 그의 잔혹함을 감당할 수 없을 것이다."

동쪽 바다의 뉴비

텐류와 계승 관계를 맺고 있는 사람은 바로 그의 아내였다.

'아자라스? 뭔가 그런 콜네임이었던 것 같은데.'

아자라시(アザラシ).

우리말로는 바다표범을 의미했다.

즉, '하늘의 용'이 자신의 반려였던 '물속의 호랑이'를 잡아먹었다는 소식이었다.

한성우와 한겨울이 보여 주었던 것처럼, 그 과정은 가슴을 갈라서 심장을 꺼내는 것이었다.

'그럼 아내를 죽이고 심장을 꺼냈다는 건데.'

……미친 자식.

나는 눈살을 찌푸렸고, 레이황은 힘주어 말했다.

"백수현. 텐류가 동해를 전장으로 택한 것은 우연이 아니다. 분명 완벽하게 의도된 것이다. 아자라시의 특기는…… '수중 활동'이었다. 한데 놈이 그녀를 먹어치웠으니, 이제는 바다까지 자신의 영역이라고 여기고 있는 것이다."

점점 낮아지는 레이황의 목소리.

"매우 오만하지만, 또한 매우 위협적인 상대가 될 것이다. 그리고 반드시 쓰러뜨려야 하는 상대일 것이다. 나는 너에게 이것을 경고하고, 너의 싸움을 돕기 위해서 한국에 왔다."

"……."

나는 잠자코 듣기만 했다.

그러자 레이황은 잠시 내 눈치를 살피더니 조심스럽게 입을 열었다.

"백수현, 혹시 두려운가? 그렇다면 내가 동행하겠다. 우리 둘이 힘을 합친다면 텐류라고 해서 불가항력은 아닐 것이라고 생각……."

"잠깐만, 레이황."

"뭔가?"

내가 말을 끊자 중국인 헌터는 눈을 깜빡였다.

굵은 팔뚝에 어울리지 않게 순둥이 같은 표정.

정말 더럽게 안 어울리는 순진무구한 얼굴이었다.

하지만 나는 레이황을 의심하고 있었다.

"텐류에 대해 경고하고, 나를 도와주기 위해서 한국에 왔다고? 정말로?"

"그렇다. 왜 그것을 의심하는가?"

"그야 의심할 만하니까."

"为什么(어째서)!"

천천히 긁어 보자.

나는 팔짱을 끼며 한숨을 내쉬었다.

"당신 부하들 중 하나가 이미 내 뒤통수를 때리려고 한 적이 있잖아? 라오웨이, 설마 잊은 건 아니겠지?"

"……!"

사하라의 모래 미로에서 자류단의 1.5군이 수적 우위를 이용해서 한국의 특무조 헌터들을 몰아붙였던 것은 공공연한 비밀이었다.

사건의 당사자들로서는 은폐하고 싶겠지만, 클랜 단위에서 엄청난 손실을 입었기 때문에 상세하게 보고할 수밖에 없었을 사건이었다.

'모를 리도 없고, 잊었을 리도 없지.'

나는 확신을 담아서 그를 노려보았다.

내 눈치를 살피던 레이황은 겸연쩍은 얼굴로 헛기침을 했다.

"그때 일을 아직도 마음에 담아 두고 있을 줄은 몰랐다. 대장부답지 못하군."

"그런가? 중국에서는 '군자가 원수를 갚는 것은 10년이 걸려도 늦지 않는 것'이라고 하던데?"

"크흠."

"크흠?"

"……."

"……?"

내가 말없이 빤히 바라보자 남자의 얼굴이 화악 붉어졌다.

그리고 그는 미간을 팍 구기며 고개를 숙였다.

"알겠다! 내가 진심으로 사과하겠다!"

"말로만?"

"靠(빌어먹을)."

중국어로 낮게 욕지기를 내뱉은 레이황은 나를 노려보았다.

"백수현, 너는 '그분'께 우리 결사단의 수장으로 지명되었다. 이제 우리 세계의 헌터들을 대표하는 1인자! 그런데 물질적인 보상이 중요한 것인가?"

"그래서 내가 쪼잔하다?"

"아니, 아니! 我操(씨×)! 그래, 알았으니까 뭘 원하는 건지나 말해라!"

나는 피식 웃으며 펜과 종이를 꺼내 들었다.

그리고 몇 가지 목록을 써서 내밀었다.

메모장을 마뜩찮게 받아 든 레이황의 표정이 점점 의아하게 변했다.

"아사도의 모래, 4의 강철, 무정리 조직체, 하라르코스 시약……? 아티팩트 제작 재료들 아닌가? 이걸 구해 달라고?"

"그래."

"고작?"

"고작인 것처럼 보이겠지만 구하기가 어려워진 재료들이야. 특히 한국에서는 완전히 바닥났고."

"그런가? 하긴 상황이 그렇게 되었으니."

"그러니까 최대한 많이 구해 주면 고맙겠어."

"흐음……."

다시 한번 재료 목록을 훑어본 레이황의 시선이 나에게 향했다.

그는 주저하면서도 기어코 질문했다.

"아무리 봐도 재료들의 용도를 모르겠군. 개인 무기나 전투 아티팩트를 만드는 재료들은 아닌데. 대체 뭘 만들고 싶은 것인가?"

"……."

바로 이 질문이 중요했다.

내게 텐류의 위험성을 경고하고 전투를 돕기 위해서 중국에서 날아왔다는 레이황.

하지만 나는 의심하고 있었다.

'혹시 이 인간도 이미 신인류에 포섭된 건 아닐까? 그게

아니더라도 신인류와의 전쟁에서 제 잇속만 챙기려는 건 아닌가?'

나로서는 신뢰할 수 있는 존재인지 알 수가 없었다.

그래서 미끼를 던져 보기로 했다.

"곧 시작될 식량 문제를 해결할 아티팩트를 제작하기 위해서 필요한 재료들이야."

"식량 문제? 아아!"

"중국은 모르겠지만 한국에서는 자급자족이 쉽지 않을 것 같거든. 식량 복사 기술을 개발해서 대처해야 돼."

말을 맺은 나는 가만히 레이황의 반응을 기다렸다.

만약 여기서 훼방으로 놓으려고 하거나 탐욕을 드러낸다면 나는 레이황과 중국을 전면적으로 재검토할 생각이었다.

최악의 경우, 레이황은 신인류와 내통하고 있는 세작일 수도 있다.

"그렇군, 그런 것인가……."

잠시 생각에 잠긴 레이황.

나는 숨을 죽인 채 응답을 기다렸다.

그러다가 그가 고개를 번쩍 들며 입을 여는 것이었다.

"좋다. 재료를 제공하겠다."

"그래? 얼마나……?"

"지금 우리가 가지고 있는 분량을 전부 보내겠다. 즉시 실행하지."

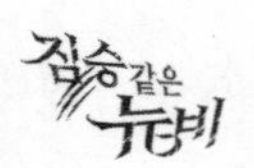

'그게 얼마나 된다는 거야?'

내가 되묻기도 전에 어디론가 전화를 걸어서 요란하게 통화를 시작하는 레이황.

그리고 1분 뒤, 나는 이코의 요란한 문자메시지를 받을 수 있었다.

-갑자기 뭐냐? 이런 말도 안 되는 통보는?

녀석은 텍스트로 즐거운 비명을 지르고 있었다.

-필요했던 분량의 50배를 보내 주겠다는데? 게다가 마력석 3천억 원어치까지 덤으로! 개꿀!!!!!

아티팩트 제작에 소요될 마력까지 배려한 모양이다.

이런 게 대륙의 기상인가.

'일단 우리 기술을 가로챌 생각은 없는 것 같고.'

어쩌면 내 생각보다 더 좋은 사람일지도 모른다.

완전히 의심을 거둔 것은 아니지만, 그렇다고 마냥 경계심을 가질 필요도 없었다.

나는 표정을 감춘 채 레이황 앞에 다시 앉았다.

중국의 대인배는 나를 향해 기꺼운 표정을 짓고 있었다.

"그 아티팩트가 완성되면 우리에게도 조금 나눠 주겠나?

괜찮다면 기술 이전에도 가격을 치르고 싶다. 역사적으로 중한 관계가 늘 좋았던 것은 아니지만…… 그래도 일단 상대가 일본이지 않은가.”

뭘 좀 아네.

나는 피식 웃으며 고개를 끄덕였다.

“그래, 이제 텐류에 대해서 다시 이야기해 보자고.”

지구에 게이트 현상이 시작된 이래로, ‘게이트 헌터’라는 자격을 취득한 마력 각성자들이 늘 호인(好人)인 것은 아니었다.

오히려 그 반대라고 할 수 있었다.

그들은 무법자에 가까웠다.

인간의 한계에 가까워지거나, 또는 그 선을 뛰어넘은 초인들.

게이트 안에서 블랙 헌터들이 그러하듯, 이들이 마음만 먹는다면 상상을 초월하는 형태로 악행을 저지를 수도 있었다.

그리고 SSR급 최상급에 도달한 헌터라면…….

“대, 대장님!”

“씨바, 쫄지 마! 그래도 인간이야!”

“어떻게 저걸 보고…….”

일반인들의 공포를 유발하기에는 차고 넘치는 이적을 발

휘할 수 있었다.

독도경비대원들이 보고 있는 광경이 바로 그러했다.

[스킬 : '갸쿠니나가레루타키'.]

----!

바다에서 시작된 폭포가 거꾸로 치솟으며 하늘을 꿰뚫는다.

분수라기보다는 물의 기둥이며.

차라리 수직으로 만들어진 거대한 강물이라고 보는 게 옳을 듯했다.

도저히 필설로 형언할 수 없는 광경에 독도 경비대원들은 모두 얼어붙은 상태였다.

"다, 다들 내 밑에서 고생했다……! 그래도 그동안 너희와 함께해서 보람차게 생활할 수……."

"대장님! 유언 남기지 마세요!"

"아까는 쫄지 말라면서요!"

경찰 공무원으로서 충분히 훈련된 이들이었지만, 어마어마한 이적 앞에서는 오금이 저릴 수밖에 없었다.

그러다가 누군가 대외 방송용 마이크를 움켜잡았다.

가끔 일본 측 순시선이 우리 영해에 가깝게 접근하는 경우, 경고 메시지를 보내기 위해 사용하는 마이크였다.

“아아-! 혀, 현재 접근하는 귀측에 알린다! 귀, 귀측은 우리 대한민국의 합법적 영토인…….”

말을 제대로 마치기도 전에 벼락이 떨어졌다.

콰콰콰콰쾅---!

인력으로는 감히 대처할 수 없는 거대한 섬광들이 연이어 해수면에 꽂혔다.

그리고 해무 사이에서 거대한 함선이 등장했다.

독도경비대원들은 모두 할 말을 잃었다.

“젠장.”

“빌어먹을…….”

레이더 탐지를 통해 미리 알고 있었지만, 일본의 항공모함은 이미 성큼 다가와 있었다.

하지만 거대한 함선보다도 그 갑판 위에 서 있는 남자의 존재감이 더욱 컸다.

두 팔을 벌린 남자는 점처럼 작게 보였으나 모두에게 선명하게 각인된 상태였다.

“텐류, 텐류입니다…….”

“저, 정말로 우리나라를 침공하겠다는 건가?”

“어째서 헌터가 이런 짓을.”

이미 국방부는 대구 공군기지에서 다수의 전투기를 발진시킨 상태였다.

일본 측이 군사력을 사용하는 경우, 즉시 타격을 가하기 위해서였다.

즉, 눈에는 눈, 이에는 이.

하지만 이는 달리 말하자면 독도 경비대원들의 생존은 계산서 안에 포함되어 있지 않다는 뜻이기도 했다.

특히 재래적인 군사력이 아니라 헌터의 이능으로 타격하는 경우라면…….

'대응은 더 늦어지겠지.'

'우리나라 헌터들은 아직 도착도 하지 않았어.'

'씨×. 우리 차원통제청도 해체됐다던데, 이대로 죽는 건가?'

상대의 이능에 의해 솟구친 바닷물은 독도 전체에 흩뿌려지며 음산한 운무를 만들었다.

바다 한복판을 후려치는 기괴한 굉음과 강렬한 바닷내음은 마치 세상의 종말만큼이나 비현실적이었다.

그러나 독도경비대원들은 절차에 따라 움직이기로 결정했다.

"……전원 경비선 탑승해!"

"예!"

"각자 위치로!"

"위치로!"

평범한 인간으로서 항거할 수 없는 이적을 마주하고 있었지만 이외에는 다른 선택지가 없었다.

경비대장은 덜덜 떨리는 손으로 악다구니를 쳤다.
"뭐 해? 출발해!"
"예!"
기관총과 조타륜을 쥔 이들의 눈빛에 절망과 분노가 어렸던 그 순간.
새로운 등장이 있었다.

[권능 : '폭격조 송골매의 날개'.]
[스킬 : '광오답공'.]

끼이이이이이이이---!

등 뒤에서 하늘을 찢는 듯한 굉음이 들려왔다.
퍼뜩 고개를 돌린 이들의 눈에 서쪽으로부터 두 물체가 쏟아지듯 날아오는 것이 보였다.
흐린 하늘을 꿰뚫고, 구름을 찢으며 날아오는 헌터 두 사람.
경비선의 조타륜을 쥐고 있던 경비대원이 멍하니 중얼거렸다.
"두 명이라고……?"
그러나 그 목소리에는 책망이나 불신의 뜻이 담겨 있지 않았다.

오히려 당혹과 충격, 환희의 감정이었다.

전투기처럼 날아오는 두 사람의 거대한 힘을 선명하게 느낀 덕분이었다.

[권능 : '해결사 황소의 뿔'.]

[스킬 : '만류여영'.]

머리 위를 지나치는 최원호와 레이황이 본격적으로 힘을 쏟아 낸 그 순간.

"하아아……."

"헉, 헉!"

경비대원들은 호흡이 편해지고 머릿속이 맑아짐을 느꼈다.

저 항공모함 위에서 텐류가 뿜어내는 무게감이 완전히 해소된 것이다.

"……사, 살았다."

누군가 안도의 한숨을 내쉰 것이 시작이었다.

경비대원들은 머리 위로 주먹을 치켜들며 미친 듯이 소리치기 시작했다.

"백수혀어어어언!"

"으아아아아아아아아!"

"다 조져 버려어어엇! 일본 침몰! 일본 침몰! 일본 침몰-!"

서울, 청와대.

이인국 대통령은 쏟아지는 보고를 들으며 마른침을 삼키고 있었다.

'백수현 헌터에게 전권을 맡긴 결정이 이렇게 빨리 검증받게 될 줄이야…….'

일본은 마치 세계 게이트 위기를 노렸다는 듯이 도발을 시작했다.

군사력이 아니라 텐류를 앞세운 일본 정부의 행보는 외교적으로 상당히 골치 아픈 부분이었다.

'대단히 노골적이긴 하지만, 전적으로 군사적인 것도 아니고…… 나름의 명분도 있다.'

세계 클랜 협의회의 결정에 따라서, 모든 게이트가 미국 CDBC의 관할권 안으로 들어간다는 것.

그렇기에 독자적인 노선을 택한 한국에 대해 헌터 전력을 이용하여 제재를 가하겠다는 것.

존 메이든과 미국을 등에 업긴 했지만 일본은 나름대로 명분을 갖추고 있었던 것이다.

하지만 한국의 입장에서 명분은 명분에 불과했다.

[현대일보] 일본 '동해' 침공!

[한경신문] 우리 바다가 뚫렸다!

[시대일보] 일본의 야욕, 다시 시작……!

[더 게이트] 헌터를 앞세운 일본의 군사 도발, 독도가 위험하다!

게이트 전문지뿐만 아니라, 모든 언론들이 일본의 행보를 대서특필하며 정부의 대처에 주목했다.

TV방송, 인터넷 방송 역시 마찬가지였다.

–이렇듯 상황이 악화일로를 걷는 와중에 차원통제청을 해체하고 혈맹인 미국과 등을 돌린 우리 정부의 결정에 시민들은 불안함을 금치 못하고 있습니다.

–이건 군사 전문가이자 게이트 전문가인 저로서는 절대로 묵과할 수 없는 일이거든요? 도대체 우리 정부는 뭘 하고 있었는지!

–하이고오! 별하트 100개! 억수로 감사합니다! 자, 행님들! 진짜 이러다가 일제시대가 다시 도래하는 건 아닌지! 진짜 겁난다 아닙니까! 다 같이 데모하러 나가야……!

우리 영해 안으로 항공모함이 들어오고, 그 갑판 위에 '전일제일'이라고 불리는 텐류가 서 있다는 시점부터.

모두가 청와대를 향해 무책임, 무력, 무계획의 '3無' 비난론을 쏟아 내고 있었다.

불과 반나절 만에 벌어진 일이었다.

손수 여론을 확인하던 이인국은 책상 위의 전화기에 손을 올린 채 침음을 흘렸다.

'백수현 헌터를 믿어도 되는 걸까.'

클로저스 클랜의 헌터들이 방금 막 클랜 하우스에서 출발했다는 소식을 들었다.

하지만 너무 늦장을 부린 게 아닌가 싶었다.

언론을 통해서 일본 측의 행보가 발표되고도 적지 않은 시간이 흐른 뒤였으니까.

새로 임명된 홍대윤 헌터지원센터장의 보고는 이러했다.

—클로저스 클랜이 조금 늦긴 했지만 이유가 있었습니다. 그리고 깜짝 놀랄 만한 지원군이 합류했으니 여론을 잠재우는 건 아무것도 아닐 겁니다. 오히려 여론 반전으로 이어질 테니 기다려 보십시오.

하지만 이인국 입장에서는 어처구니가 없는 말이었다.

일본 함선에 영해가 뚫리고 독도가 가시거리 안으로 들어온 시점인데, 대체 무슨 수로 여론이 반전된다는 말인가?

그리고 놀랄 만한 지원군?

'올노운이 살아 돌아오지 않는 이상, 국내에 백수현이나 진세희를 뛰어넘을 헌터가 있던가?'

없다.

비서관들의 보고에 의하면, 국내에서는 더 이상 가용할 만한 헌터 자원이 없었다.

"후우우……."

새삼 후회스러웠다.

차라리 퀸쿼러스를 택했다면 이번 일은 막을 수 있었을 텐데.

김주석의 목소리가 귓가에 어른거리는 듯했다.

—그런 치기 어린 자세로 상황을 그르칠 때가 아니야. 보다 경험이 많고, 연륜이 있는 어른이 이끌어야 하는 시기 아니겠나?

지금이라도 결정을 철회하고 퀸쿼러스 연합에 선을 대야 하나?

전화가 울린 것은 그때였다.

—아, 대통령님. 유광명입니다.

"음? 유 헌터가 어쩐 일입니까?

차원통제청의 청장 대행에서 벗어난 유광명은 전부터 하고 싶은 일이 있었다면서 초대 지원센터장직을 고사하고 독자 행동에 들어갔다.

정확히 무슨 일인지 알려 주지 않았지만, 이미 어느 정도 준비가 된 상황이라고도 했다.

전화기 너머에서 유광명은 바로 그 일을 하고 있는 듯했다.

–지금 제가 보내 드리는 인터넷 주소를 한번 열어 주시겠습니까? 인터넷 방송 영상입니다.

"……인터넷 방송 말이오?"

–예.

"유 헌터, 지금 상황에 나한테 인터넷 방송을 홍보하는 겁니까? 아무리 그래도 그렇지, 대통령을 시청자로 확보하고 싶은 거요……?"

자연스럽게 목소리가 격앙된다.

하지만 상대는 클클 웃었다.

–대통령께서 가장 궁금하실 장면이 방송되고 있을 겁니다. 가능하면 공중파 방송으로 연결해 주시면 고맙겠습니다. 그럼.

"뭐, 뭐요?"

전화가 뚝 끊어졌다.

이인국은 어처구니없는 표정으로 문자 메시지를 확인했다.

–https://www.kakatube.com/shieldtv/eastwar?/

"……이 양반이 정말 미쳤나."

유광명의 문자 메시지를 그대로 지워 버리려고 하던 이인국.

그러다가 왠지 주소의 마지막 부분에 시선이 꽂혔다.

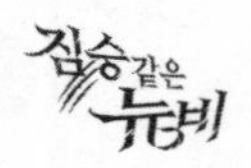

"이스트 워? 동쪽 전쟁이라고……?"

설마.

순간 머리를 스치는 생각에 대통령은 떨리는 손끝으로 액정을 눌렀다.

그리고 30초 뒤.

"비서실장, 지금 당장 NBC 사장에게 연결하세요!"

대통령이 쥔 작은 화면 속에서는 헌터들이 거대한 물보라를 일으키며 격전을 벌이고 있었다.

독도가 발밑으로 보이는 동해.

—전투는 3분 전에 시작되었습니다. 일본 해상자위대의 항공모함을 타고 접근한 텐류 헌터와 우리 본토에서 직접 출격한 백수현 헌터가 정면으로 격돌했으며, 이외에도 신원을 알리지 않은 또 다른 헌터가…….

유광명은 최원호와 텐류의 싸움을 중계하고 있었다.

한국과 일본뿐만이 아니라, 전 세계의 사람들이 시선을 뗄 수 없을 장면.

'만약 백수현이 패배한다면 나 또한 직격타를 맞겠지.'

대통령직에서 내려와야 할지도 모른다.

그러나 이판사판이다.

반대로 백수현이 승리한다면, 홍대윤 센터장의 말처럼 여론은 완전히 돌아서게 될 터, 이인국은 도박수를 던지기로 했다.

"여보세요. 예, 나 이인국입니다……."

전 세계의 눈과 귀가 다시 한번 최원호에게 집중되는 순간이었다.

나와 레이황은 가이드를 자처하는 유광명을 따라 선발대로서 독도에 먼저 도착했다.

그리 산뜻한 몸 상태는 아니었다.

사실 경고 메시지들이 번쩍거릴 정도였다.

[알림 : 마력이 부족합니다.]

[알림 : 휴식이 필요합니다.]

물론 당장 휴식을 취할 필요는 없었다.

필요한 힘은 모조리 세비지 에너지로 전환되어 융견에 저장된 상태였으니까.

하지만 그리 넉넉하진 않다.

관악산에서 출발하여 곧바로 날개를 펼치고 독도 상공까지 날아온 탓이었다.

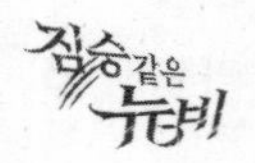

레벨 100에 도달한 나로서도 3할 이상의 에너지를 소모했을 만큼 소모가 큰 비행이었다.

'게다가 레이황은 만렙도 아니고, 이미 북경에서 서울까지 날아와서 별다른 휴식 없이 다시 날아왔으니…….'

나보다 더 지친 상태일 것이다.

아니나 다를까, 중국인 헌터의 얼굴에는 피로감이 역력했다.

하지만 지체할 수가 없었다.

상대는 우리가 도착했다는 것을 곧바로 알아보았다.

콰아아아아아---!

텐류와의 거리는 상당히 멀었다.

그러나 상대가 주먹을 휘두르면 귀 바로 옆에서 파공성이 터졌다.

놈이 쏟아 내는 해류의 폭풍을 짓이기며 접근하자 곧바로 몸을 띄우면서 응전해 왔다.

마력의 흐름 자체는 평이했으나 그 영향 범위에 약점이 없다.

'올라운더 맞네.'

까다로운 상대.

특히 이곳이 게이트 내부가 아니라 바깥이기 때문에 더더욱 그러했다.

'게이트 외부에서는 자연 상태의 마력이 옅단 말이야. 야수계에서는 페이즈 3까지 진행됐으니까 마력이 좀 더 풍부했는데, 지구는 이제 막 페이즈 2가 시작되었으니…….'

그마저도 한국은 아직 적용되지 않았다.

마력의 회복이 지연되는 것은 피할 수 없는 문제였다.

"해청!"

-응!

녀석은 상당한 버프를 받은 상태였다.

바다의 영물로서 영험한 해류의 힘을 이용할 수 있다며 약 2할 정도의 가속력 상승을 부여받은 상황.

하지만 텐류는 가볍게 피했다.

"느리군."

상승을 거듭하던 놈은 아래로 푹 꺼지면서 거리를 벌렸다.

그러자 레이황이 소리쳤다.

"백수현! 따라붙으면서 적당한 거리를 유지하라! 너무 벌어지면 불리하다! 한꺼번에 타격당할 수 있다!"

일견 전투기들의 도그 파이팅처럼 보인다.

게다가 2 대 1이기 때문에 우리에게 유리할 수밖에 없는 싸움이었다.

하지만 나와 레이황은 이렇다 할 우위를 점하지 못하고 있었다.

[권능 : '대적자 재규어의 혈조'.]

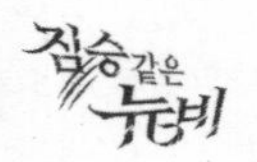

[스킬 : '유성지탄'.]

내가 전위에 서고 레이황이 후위를 받치며 공격 기술을 있는대로 때려 박는다.

위력적인 화망을 펼쳐 텐류의 움직임을 제약한 뒤, 상대가 예상되는 회피 지점에 왔을 때 치명타를 집어넣자는 전략이었다.

그러나 텐류는 우리의 뜻대로 움직이지 않았다.

[스킬 : '바쇼노츠세키'.]

"흠."

짧게 마력을 방출하며 사방을 훑어본 텐류는 거짓말처럼 신형을 점멸하며 부채꼴의 화망을 빠져나갔다.

레이황이 어금니를 부드득 갈았다.

"저 '바쇼노츠세키'는 공간 추적술이다!"

"……번거로운 기술을 쓰네."

일정 수준에 도달한 공간 추적술은 해당 장소의 짧은 미래를 들여다볼 수 있다.

그 덕분에 텐류는 우리의 공세를 번번이 무위로 만들며 회피 기동을 벌이고 있었다.

오히려 내 뒤통수를 노리며 낄낄 웃어 댔다.

"별것 아니구나. 아니면 힘을 감추고 있는 건가? 흐흐흐!"

능숙한 한국어라서 더 열받았다.

하지만 주둥이를 후려칠 수가 없었다.

저릿한 살기와 함께 비수들이 섬광처럼 날아들었기 때문이다.

지금은 마력이 부족하니 방어 마법을 펼치기는 부담스럽다.

'이럴 땐 피지컬로.'

타타타탕!

아슬아슬했지만 검을 뽑아서 비수들을 모조리 쳐 냈다.

그게 의외였는지 텐류가 멈칫하는 것이 느껴졌다.

그때 손안에서 해청이 고함을 내질렀다.

-맹독이야! 비수에 맹독을 발라 뒀어! 와, 이거 진짜 짜릿한데?

까딱하면 골로 갈 뻔했구나.

등 뒤에서는 레이황이 소리를 질러 대고 있었다.

"백수현! 차라리 더 가까이 붙어라! 내가 지원하겠다! 안 되겠으면 자리를 바꾸는 것을 권하겠다!"

"……."

신경 거슬린다.

솔직하게 말하자면, 나에게 게이트 바깥의 전투는 그리 흔한 일이 아니었다.

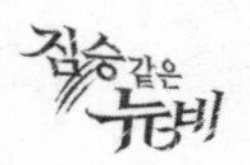

야수계에서는 이런 식으로 전면전이 일어날 일 자체가 없었으니까.

강자존 약자멸의 원리가 다른 어떤 법칙보다도 우선되는 세계이고.

모든 수인종 헌터들이 '게이트 폐쇄'라는 목표를 향해서 한 뜻으로 움직이는 곳이었다.

'그러니 내가 왕좌에 오른 뒤로는 가벼운 대련조차 신청하는 놈이 없었단 말이야.'

나는 늘 전력으로 싸우는 것에 익숙했다.

게이트 안에 휘도는 풍부한 마력을 이용하여 에너지를 계속해서 충당하며 적수를 찍어 누르는 싸움법.

그게 편했다.

그런데 여긴 마력 회복이 부족한 데다, 텐류는 내 레벨 제한을 뛰어넘은 상태.

'게다가 이상하게 너무 빨라. 2 대 1의 이점이 전혀 발휘되지 않을 만큼.'

나를 레이황의 지원을 받으며 계속해서 놈을 몰아붙였다.

그러나 텐류는 미꾸라지처럼 빠져나가며 우릴 조롱하고 있었다.

"존의 경고가 무색하구나. 백수현, 기대에 못 미쳐. 프흐흐흐……."

콰광!

순간 머리 위에서 두 줄기의 섬광이 내리쳤다.

[스킬 : '뇌체화'.]

나는 공간을 건너뛰며 그것을 흘려보냈지만…….

"큽!"

나를 따라 선회하던 레이황은 피하지 못했다.

그의 정수리로 창날 같은 섬광이 꽂히는 광경이 보였다.

이어지는 추락.

풍덩!

보기만 해도 차가운 바닷물이 레이황을 삼켜 버렸다.

"레, 레이황 헌터!"

"……."

카메라를 쥔 유광명이 멀찍한 곳에서 소리를 쳤지만 나는 반응하지 않았다.

그래도 명색이 세븐스타즈인데 고작 한 방으로 죽지는 않을 것이다.

그보다는 텐류의 저 기이할 정도로 빠른 움직임이 마음에 걸렸다.

길게 싸운 건 아니지만, 지금까지의 성과로 보자면 텐류의 공간 예지력과 기동력은 나조차도 감당할 수가 없다는 것이 최종적인 결론이었다.

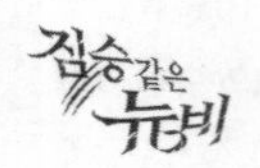

그렇다면…….

'기어를 바꿔야겠네.'

마력 회복이 제대로 이루어지지 않는 게이트 바깥이니까, 그냥 상태 이상을 하나 먹었다고 생각하기로 했다.

잠시 '마력 장애'가 생겼다고 여기면서…….

'일격필살로 간다.'

나는 하나의 권능에 모든 힘을 집중시켰다.

생중계가 시작되었다.

재난 주관 방송사인 NBC 이외에도 모든 지상파 방송사가 하나의 화면을 송출하게 되었다.

유광명이 쥐고 있는 카메라를 통해, 동해와 독도의 상황을 지켜보게 된 것이었다.

그건 마치 컴퓨터 게임이나 액션 영화의 한 장면을 방불케 하는 중계였다.

–해청!

–느리군…….

–백수현! 따라붙으면서 적당한 거리를 유지하라! 너무 벌어지면 불리하다! 한꺼번에 타격당할 수 있다!

–방금 시작된 공중전은 독도에서 약 60미터 떨어진 상공에서 진행되고 있습니다. 아직까지는 어느 측도 우세한 상황이 아닙니다만…….

생생한 현장의 소리와 함께 유광명의 해설까지 더해지자 사람들은 자연스럽게 모여들었다.

"세상에, 정말로 헌터들이 독도 상공에서 싸우고 있다는 거야?"

"그런가 봐……."

인외의 영역에 도달한 최고위급 헌터들은 당연히 극도로 희귀한 존재들이고.

간혹 활약상이 취재되는 경우가 있더라도 게이트 안에서 몬스터들을 상대하는 모습을 비출 뿐이었다.

그마저도 극도로 정제된 선전용 영상들.

하지만 지금 보이는 영상은 전혀 달랐다.

–저 '바쇼노츠세키'는 공간 추적술이다!

–……번거로운 기술을 쓰네.

–별것 아니구나. 아니면 힘을 감추고 있는 건가? 흐흐흐!

서로를 향해 무기를 겨누고 죽일 듯이 달려들고 있었다.

그러니 사람들은 홀린 듯이 TV 앞으로 모여들 수밖에 없

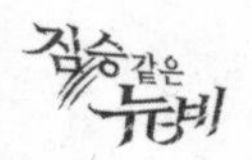

었다.
모두 다른 태도였다.
"저, 저러다가 누구 하나 죽는 거 아냐?"
"어휴, 정부가 제대로 못하니까 헌터들이 피를 보잖아!"
심각한 얼굴로 걱정을 표하는 사람들이 있는 반면…….
"와 씨! 야, 방금 앞점멸 봤냐?"
"백수현은 계속 헛방만 치네. 저 새낀 눈이 리심인가?"
"푸하하하하!"
일부는 게임 중계를 보는 것처럼 시시덕거리기도 했다.
"저게 사람이야? 아이언인이야?"
"하, 나도 마력 각성자였으면 저렇게 싸울 수 있었는데!"
몇몇은 선망과 질투의 시선을 보내기도 했다.
각자의 위치에서 각자의 눈높이로 상황을 바라보고 있었다.
그러나 그것이 하나로 정리되는 데에는 그리 오랜 시간이 걸리지 않았다.

—콰쾅!
—레, 레이황 헌터!

화면이 두 차례 번쩍이고, 카메라를 쥐고 있던 유광명이 비명을 내질렀을 때.

"……야, 방금 뭐라고 했냐?"

"분명히 '레이황'이라고?"

"진짜? 중국 1위? 자류단장 레이황?"

사람들은 미간을 구기며 화면에 집중했다.

그리고 실이 뚝 끊어진 인형처럼 추락하는 남자의 모습을 똑똑히 보았다.

영화나 게임이었다면 기적처럼 다시 솟구쳐 올라왔겠지만, 이건 아니었다.

텐류가 불러낸 번개에 직격당한 레이황은 질푸른 바닷물 속으로 사라졌다.

"어? 어어어!"

"뭐야? 어떻게 된 거야? 떨어졌어?"

"아니, 씨바! 저거 진짜야? 진짜로? 방금 레이황이라며?"

열차를 기다리는 대합실.

체크인을 하기 위해 서 있던 호텔 로비.

허기를 달래기 위해 한 술을 뜨던 국밥집.

별생각 없이 과자를 집어먹으며 리모컨을 쥐고 있던 소파 위에서…….

"……."

"……."

모두가 할 말을 잃었다.

그 순간, 송출되던 방송이 멈추더니 이내 뚝 끊어져 버렸다.

[NO SIGNAL.]

즉, 유광명이 보내오던 방송 신호가 사라졌다는 뜻이었다.
황급히 화면이 전환되며 뉴스 스튜디오를 배경으로 단정한 차림새의 아나운서가 등장했다.

–안녕하십니까, 시청자 여러분. NBC 뉴스특보 배서현입니다.

여자 아나운서 역시 당황한 티가 역력했으나, 그녀는 애써 목소리를 가다듬더니 브리핑을 시작했다.

–우선 현재 방송 상태가 고르지 않은 점, 양해의 말씀을 전합니다. 현재 독도 상공에서는 우리나라의 헌터인 백수현 씨가 우리 영해를 침범하며 게이트 관리권을 요구하는 일본 측에 맞서 싸우고 있는 상황이며, 전 차원통제청 대변인이었던 유광명 헌터가…….

사실 말을 하고 있는 사람이나, 듣고 있는 사람이나 똑같은 마음이었다.
'대체 어떻게 된 걸까?'
'무슨 일이 벌어진 거야?'
모두 동해 상공의 상황을 알고 싶어서 안달이 날 수밖에 없었다.

한참 말을 잇던 아나운서의 목소리가 뚝 끊겼다.
그녀의 눈동자가 화등잔처럼 커졌다.

—아! 방금 방송이 복구되었다고 합니다! 현장 상황, 다시 보시겠습니다!

화면이 돌아와서 해무가 넘실거리는 동해가 다시 모습을 드러냈다.
그런데 카메라를 쥔 유광명이 말을 더듬거리고 있었다.

—어, 그, 지금 제 방송을 보고 계시는 시청자들이 얼마나 계신지는 모르겠습니다만, 지금 제가 보여 드리는 화면은 아까 상황으로부터 약 30초가 흐른 상황입니다. 그리고 저 괴물…… 아니, 저 생명체가 백수현 헌터입니다. 정말입니다.

"괴물?"
"생명체라니?"
사람들은 모두 미간을 찌푸리며, 조금씩 흔들리는 화면에 집중했다.
그리고 의문에 빠졌다.
"저게 백수현 헌터라고?"
"사람이 아닌 것 같은데……."

"아니, 지금 팔이 다섯 개 아니야? 여섯 개인가?"

"엄마! 무서워! 으아아앙!"

중계를 보는 시청자들은 점점 늘어났지만, 사람들의 말수는 점점 더 없어지고 있었다.

사람들의 머릿속에는 오로지 하나의 질문만이 떠오른 상태였다.

'백수현은 대체 뭐지?'

유광명의 설명을 듣고도 믿기가 어려웠다.

화면 속, 그들이 보고 있는 것은 인간의 틀을 한참이나 벗어난 무언가였으니까.

시베리아에서 악마궁을 날려 버렸던 '유령 흑사자의 송곳니'는 분명 오버 페이스였다.

세비지 에너지의 소모치나 권능 구현에 필요한 연산력이 아득하게 커서, 150레벨 정도는 되어야 쓸 만한 기술이었다.

지금 레벨에 걸맞은 권능은 따로 있었다.

[권능 : '어린 수왕의 팔'.]

내가 수인종 헌터들의 힘을 하나로 집대성하기 시작하며

만든 '수왕류' 권능.

〈어린 수왕의 팔〉

[권능] 세비지 에너지를 사용하여 복수의 새로운 팔들을 돋아 낸다. 각개의 팔을 이용하여 공격과 방어는 물론이고, 비행, 탐지 등의 기능을 다양하게 수행할 수 있다.

이는 본격적인 신체 변이 권능이며, 동시에 여러 권능을 한 데 모은 합성 권능들이기도 했다.

그런 만큼 다루기가 까다로운 편에 속하고, 소모치도 적지 않은 힘이었지만…….

'일단 개시하면 전투를 완전히 다른 양상으로 이끌 수 있거든.'

나는 팔을 펼쳤다.

그러자 상대가 움찔하는 것이 느껴졌다.

싸움이 시작된 후, 내내 오만한 목소리로 낄낄거리던 텐류의 표정에서 처음으로 감정의 편린이 엿보였다.

'……두려워하는군.'

나는 그 감정을 몇 배로 키워 줄 생각이었다.

몸통에서 새로 돋아난 2쌍의 팔에 제각각의 힘이 깃들었다.

슈욱.

우선 밧줄을 거머쥐는 것처럼 공중을 할퀴고.

텐류가 부리는 마력의 흐름에 끼어들어서 오류를 일으킨 뒤.

일직선으로 쇄도하여 놈의 어깨를 덥석 붙잡았다.

"이제야 가까워졌군."

"바, 바케모노!(괴, 괴물!)"

공간을 짓밟으며 달려온 결과, 내 등 뒤에서는 소닉붐이 터지고 있었다.

쾅!

나는 그것을 신호로 삼아서 힘을 주기 시작했다.

어깨를 붙잡은 채로 팔을 벌려서, 건방진 상대의 몸뚱이를 좌우로 찢어 가르는 것이다.

우지지직--!

"끄아악!"

뼈가 으스러지고 피가 튀어 오른다.

격통을 참지 못한 텐류는 눈을 까뒤집으며 비명을 내질렀다.

산 채로 어깨가 뽑혀 나가는 고통이었을 텐데, 그래도 기절하진 않았다.

도리어 놈은 허리께에서 일본도를 뽑으면서 나에게 대항하려 했다.

놀라운 일이었지만 나에겐 자유자재로 움직이는 검이 있

었다.

-아수라발발타!

어디선가 들어 본 기합을 넣으며 솟구친 해청은 거대한 앞발 하나를 뽑아내어 텐류의 팔뚝을 후려쳤다.

그 결과 상대는 칼을 뽑지도 못하고 튕겨 나갔다.

"크아아아악!"

"흠."

오른손에는 놈의 살점과 부서진 뼛조각이 한 움큼 남아 있었다.

그리고 저 아래로 떨어져 내리는 몸의 조각들이 보였다.

먼저 내가 잡아 뜯고, 해청이 한 차례 더 때려 넣으면서 텐류의 왼팔이 너덧 조각으로 쪼개진 결과였다.

놈은 가까스로 다시 날아올랐지만 충격과 공포에 휩싸인 시선은 감출 수 없었다.

"칙쇼……(제길……)"

"응, 그래."

"정말…… 괴물이었군……."

텐류는 피가 펄펄 쏟아지는 어깻죽지를 지혈하기 위해 힘껏 움켜쥔 채 가쁜 숨을 몰아쉬고 있었다.

하지만 싸우기를 포기한 눈동자는 아니었다.

오히려 아까보다 독한 빛이 번쩍이고 있었다.

그렇기에 나는 만족스러웠다.

"기껏 수왕류까지 끌어냈는데, 이대로 끝나면 좀 그렇지."

"팔 하나 뜯어냈다고 으스댈 것 없다."

"그래? 팔은 2개니까? 마저 떼고, 다리도 하나씩 떼고?"

"닥쳐라!"

순간 텐류의 신형이 서너 배로 확대되는 듯 보였다.

급속하게 가까워지는 존재감에 나는 피식 웃으며 수왕의 팔들을 넓게 펼쳤다.

'또 오겠다고? 그럼 나야 땡큐지.'

놈이 다루는 마력의 흐름을 그대로 잡아채서 다시 한번 움직임을 따라잡을 생각이었다.

이 수법을 사용한다면 상대가 동선을 어디로 꺾든 고스란히 따라가서 치명타를 집어넣을 수 있었다.

하지만…….

"음?"

"죽어라, 쵸센징!"

텐류의 존재감이 아지랑이처럼 사라지고 거대한 폭격이 쏟아졌다.

놈이 가까워지는 듯한 그 감각은 함정에 불과했다.

아주 정교한 허상을 빚어내어 쏘아 낸 뒤, 본체는 거꾸로 빠지면서 마법을 장전했다.

그리고 마법으로 만들어진 미사일의 폭격.

콰가가가가가가가……!

나는 수왕의 팔들을 모두 접었다.

그리고 허공을 짚으며 회피 비행을 시작했다.

에너지가 엄청난 속도로 뻗어 나갔지만, 더 시간을 끄는 쪽이 손해였다.

팔이 뜯겨 나가고도 주둥이를 나불거리면서 마법을 사용한다?

'그럼 목을 잘라 주면 되겠지.'

설령 목이 잘리고도 입이 움직이면 모조리 가루로 만들어 주면 될 일이었다.

충분히 가능했다.

해청이 선봉을 맡아 줄 것이다.

-어딜도망가!

'띄어서 말해.'

-어딜 도망가!

핏-!

해청이 광선처럼 날았다.

어지럽게 물러서며 미사일을 쏟아 내던 텐류의 허벅지에 칼날이 꽂히는 모습이 보였다.

그러나 놈은 이를 악물며 마력을 쏟아 냈다.

순간 대기가 우그러졌다.

[알림 : 특성 '야성'이 직관을 발휘하고 있습니다. '거대한 마법'에

주의하십시오.]

"그아아아앗!"

"……!"

순간 나조차도 숨이 턱 막힐 만큼 고강한 마력.

기이하리만큼 집념이 깃든 마법은 고강함을 지나쳐서 지독함에 닿아 있었다.

대체 왜 이렇게까지 하는 걸까.

'뭔가 더 감추고 있는 건가?'

때로는 경고 메시지를 무시해야 할 때도 있다.

나는 일직선으로 달려들었다.

그리고 코앞으로 날아오는 매직 미사일을 향해서 손을 뻗었다.

쾅!

폭격이 터지면서 육체와 금속이 뒤엉키고 내장이 뒤흔들렸다.

마력을 응축하고 있다가 터트린 미사일의 위력은 어마어마했다.

몸통 오른쪽에서 뻗어 나온 수왕의 팔들이 한꺼번에 뭉개지고, 융견까지 걸레짝처럼 찢기면서 몸 반쪽이 만신창이로 변했다.

"쿨럭!"

순간 목구멍에서 핏물이 울컥 튀어나왔을 만큼 심각한 부상이었다.

그러나 나는 목표한 바를 이루었다.

"잡았다."

"……!"

왼손으로 움켜잡은 텐류.

내가 몸을 희생시키며 따라올 줄은 몰랐는지 놈은 당황한 얼굴로 버둥거렸다.

마력이 움직이는 것을 보니, 또 새로운 마법을 쓰려는 모양이다.

-어림도 없지!

"끄어억!"

허벅지에 꽂혀 있던 해청이 칼날을 휘저으며 마력 운용에 훼방을 놓았다.

사실 그럴 필요도 없었다.

이만한 거리에서 디스펠은 숨 쉬는 것만큼 쉽다.

그리고 붙잡은 머리통을 터트리는 것은 더더욱 쉽다.

하지만 나는 희번덕거리는 눈동자를 들여다보며 입을 열었다.

"뭘 숨기고 있지? 왜 이렇게 조바심을 부릴까?"

"……."

텐류는 아무것도 대답하지 않았으나 나는 뭔가를 알아낸

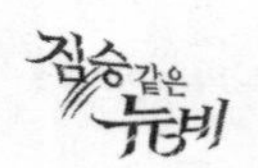

상태였다.

놈의 까만 눈동자가 아주 잠깐 저 아래를 향했던 것이다.

뇌전 공격에 정신을 잃고 레이황이 꼬라박힌 해수면.

'저기 뭔가 있는 모양이군.'

지체할 필요가 없었던 나는 그대로 손아귀에다 힘을 주었다.

뚜둑!

"컥……."

목뼈가 부러지는 소리와 함께 텐류의 몸이 축 늘어졌다.

놈의 목을 완전히 꺾어 버린 것은 아니었다.

그 덕분에 힘을 잃고 축 늘어졌을지언정 목숨은 건진 상태였다.

"백수현."

질끈 감았던 눈들이 천천히 뜨였다.

텐류의 눈동자가 나를 올려다보았다.

"날 기만하는 거냐……?"

놈의 말에 나는 피식 웃어 줬다.

뭐? 기만?

"스스로 그럴 가치가 있다고 생각하는 모양이지? 상당한

과대평가야.”

그냥 필요해서 살려 뒀을 뿐이다.

부러진 목뼈가 신경을 누르고 있기에 팔다리를 움직이는 것은 완전히 불가능한 상태였고, 마력 사용 역시 비슷했다.

모두 정확하게 내가 의도한 대로였다.

“텐류, 뭘 숨기고 있는지 모르겠지만 어디 찬찬히 살펴보자고.”

“…….”

나는 공중에서 놈의 목을 틀어쥔 채로 수왕의 권능을 종료시켰다.

그리고 송골매의 날개를 펼쳐서 유유히 아래로 내려왔다.

미사일에 얻어맞고 몸 오른쪽이 죄다 부서지긴 했지만, 그렇다고 독도에 마련된 헬기 이착륙장까지 가지 못할 정도는 아니었다.

나는 콘크리트 바닥에 텐류를 툭 내려놓았다.

그러자 놈은 비명을 꾹 삼키더니 나를 향해 으르렁거리는 것처럼 소리쳤다.

“허튼 짓 말고 죽여라, 어서!”

마치 죽여 달라고 애원하는 것처럼 들린다.

그럴수록 나는 놈을 살려 놓고 보이지 않는 노림수에 대해 고민할 수밖에 없었다.

‘대체 이 바다에다 뭘 숨겨 뒀을까.’

나 또한 당장 회복이 필요했기에 당장 바다에 뛰어들 생각은 없었다.

우선 육체 치료를 담당하는 도마뱀의 권능을 전개하여 상처를 다스리면서 레이황이 떨어진 방향을 살펴보고 있을 때.

"백수현 헌터!"

"허, 헌터님!"

독도경비대장으로 보이는 중년인과 유광명이 나에게 달려왔다.

두 사람은 얼떨떨한 표정으로 서로 인사를 나누더니 앞다투어 소리치기 시작했다.

"상처가 너무 컸어! 당장 돌아가서 회복부터 해야 한다!"

"죄송하지만 반대편에 일본 놈들의 항공모함이 떠 있는데요!"

"……."

사람은 보이는 대로 보는 법이다.

베테랑 헌터 출신인 유광명은 내가 격전 중에 입은 상처를 걱정하고 있었고.

독도를 수비하는 경찰 공무원은 여전히 적이 건재하다고 걱정하고 있었다.

하지만 나에게는 그 어느 쪽도 아니었다.

상처는 빠르게 회복되고 있었으며 항공모함은 애당초 내가 해결할 문제가 아니었으니까.

'내 문제는 쓸데없이 덩치만 큰 항공모함을 타고 온 헌터를 처리하는 것…….'

음?

그 순간 뭔가 이상하다는 것을 깨달았다.

아무리 텐류가 일본의 1인자라고 해도, 저 거대한 항공모함까지 동원하며 모실 필요가 있나?

단지 허세를 부리고 싶어서?

'아냐, 그럴 리가 없지.'

세계 각지에서 차원 역류라는 대재해가 일어나 무역 통로가 막히고, 경제 상황 또한 하루하루 악화일로를 걷고 있는 판국인데.

고작 한 사람의 비위를 맞추기 위해서 항공모함을 동원하는 것은 어불성설이었다.

더구나 신인류는 차원 전쟁을 준비하고 있었으니, 그들의 입장에서 보자면 더욱 말이 안 되는 전개였다.

그러니까 이건…….

'오히려 반드시 필요했기 때문에 항공모함을 끌고 온 거라고 보는 쪽이 타당하겠어.'

항공모함을 동원해야 할 만큼의 많은 인력이나 자원, 또는 그에 준하는 무언가.

나는 바닷속을 노려보며 마른침을 꿀꺽 삼켰다.

'그걸 바닷속에 숨긴 거야.'

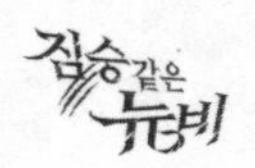

뭔가를 직감하고 텐류에게 다가갔다.

팔다리를 거의 움직일 수 없었던 놈은 그저 눈동자를 데굴데굴 굴리고 있을 뿐이었다.

하지만 그런 주제에 애써 차가운 미소를 지으며 득의양양하게 지껄이기도 했다.

"백수현, 어차피 너와 너희 나라의 운명은 정해져 있어. 올노운이 이탈한 그 순간부터 끝장난 거나 다름없다는 말이다! 고작 간부 하나 잡아 죽였다고 달라질 것은 하나도 없……."

"시끄러워."

[권능 : '음험한 개코원숭이의 밧줄'.]

좌르륵!

"억, 허어업!"

"숨 참아. 아, 이미 참고 있나?"

전개된 밧줄은 텐류의 목부터 휘감기 시작하여 아래턱까지 단단하게 엮어 버렸다.

덕분에 부러진 목은 튼튼하게 고정되었고, 수다스럽던 놈의 말문까지 막아 버릴 수 있었다.

나는 텐류의 목덜미를 잡고 헬기 이착륙장의 가장자리로 성큼성큼 걸어갔다.

그러자 유광명과 경비대장이 따라붙었다.

"잠깐만! 백수현 헌터! 카메라! 카메라!"

"지, 지금 뭘 하시려는 겁니까!"

"아……."

손에 든 것을 던져 버리기 전, 나는 유광명이 쥐고 있는 카메라를 바라보았다.

반짝거리고 있는 빨간불은 아마 녹화 중이라는 뜻일 것이다.

전투가 벌어지는 상황을 중계하겠다고 하더니, 정말로 되고 있는 건가?

그럼 하고 싶은 말이 하나 있었다.

"크흠."

한차례 헛기침을 해서 목청을 가다듬은 뒤, 나는 카메라를 향해 돌아섰다.

세간에는 백수현, 백수팀장, 또는 'Beast.C'라는 콜네임으로 알려져 있는 헌터.

지금까지 최원호는 다양한 위장 아티팩트를 이용한 상태에서만 매스컴 앞에 서곤 했다.

그는 자신의 진짜 얼굴을 철저하게 감추기로 정평이 나 있었다.

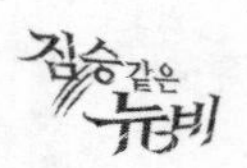

그러나 이제는 아니었다.

"……존 메이든."

음산한 해무가 휘감긴 바다를 배경으로 삼은 채.

모든 위장 아티팩트를 벗은 그가 무거운 목소리로 입을 열었다.

"직접 와. 어설프게 대가리 굴리지 말고."

그리고 다음 순간.

최원호는 손을 번쩍 들어 텐류를 바깥으로 냅다 집어던져 버렸다.

이쯤은 정말 별것도 아니라는 듯 너무나 가벼운 손놀림.

"으워어어어어어……."

한때 아시아의 황제라고 불렸던 헌터가 바위 섬 바깥으로 추락하며 구슬픈 비명을 내질렀다.

그리고 이 장면은 전 세계로 송출되었다.

"우와아앗!"

"조, 조또마떼엣!(자, 잠깐!)"

텐류가 무력화되었을 때부터 찬물을 끼얹은 것처럼 얼어붙었던 일본 열도는 결국 경악에 빠졌으며…….

"와! 씨×! 봤어?"

"미친! 텐류를 바다에 던져 버렸다고!"

"저, 저래도 되는 거야?"

"세상에……."

한국인들은 후련함을 느끼면서도 그 잔혹함에 적잖은 충격을 받은 상태였다.

어렵게 사로잡은 텐류를 굳이 바다에 던져 넣는 행동은 마치 불필요한 보복 행위처럼 보였으니까.

가장 당혹스러운 사람은 유광명이었다.

"배, 백수현 헌터!"

이인국 대통령에게 방송 주소를 찍어 줄 때까지만 해도 이런 장면이 나가게 되리라고는 예상하지 못했다.

레이황의 추락 장면이야 멀리서 찍혔으니 어떻게든 넘어갈 수 있다손 쳐도, 코앞에서 사람을 바닷속에다 처넣은 것은 완전히 차원이 다른 일이었다.

'미치겠네! 대체 이걸 어떻게 수습하지?'

그러나 그때, 최원호가 다시 입을 열었다.

"그 카메라 방수 되죠? 들고 따라오세요."

"응? 방수? 어, 어디로? 잠깐만!"

뭔가를 제대로 묻기도 전에 등을 돌린 그는 아무런 망설임도 없이 벼랑 아래로 몸을 던졌다.

방금 자신이 텐류를 집어던진 바닷속으로 똑같이 뛰어든 것이다.

풍덩!

그 결과, 헬기 이착륙장에는 두 사람이 덩그러니 남았다.

"허……!"

"크흠."

경비대장과 눈이 마주친 유광명은 옆통수를 긁적이며 한숨을 내쉬었다.

"헌터라고 다 저러는 건 아닙니다. 혹시나 해서 말씀드리는 겁니다."

스스로도 대단히 궁색하게 들리는 변명을 내놓은 뒤, 유광명은 가볍게 심호흡을 하며 벼랑 끄트머리로 다가갔다.

'심장을 보호할 수 있는 스킬을 써야겠군.'

대강의 준비를 끝내고 카메라를 쥔 채 바다로 뛰어들려던 그 순간.

유광명은 사납게 몰아치는 파도 속에서 뭔가를 발견하고 눈을 크게 떴다.

"……레이황?"

"--! ---!"

번개 공격에 직격당하면서 가장 먼저 바다 위에 떨어졌던 레이황이 물살을 거스르면서 두 손을 흔들고 있었다.

무어라 소리치고 있는데 전혀 들리질 않는다.

쌍안경으로 그 모습을 발견한 경비대장이 입을 쩌억 벌렸다.

"허어, 그 높이에서 떨어져도 멀쩡하게 헤엄을 치는군요."

"크흠, 헌터니까요."

"그럼 뭐라고 하는지도 들리십니까?"

“그건 저도 안 들립니다. 상황이나 몸짓으로 봐서는 구해 달라고 하는 것 아니겠습니까.”

“예에.”

“……그럼.”

두 남자는 어색하게 눈인사를 나누고 헤어졌다.

해수면을 향해 뛰어든 유광명은 뭐가 어찌 됐든 끝까지 최원호를 따라가야겠다고 생각하고 있었다.

‘어차피 이판사판이다. 따라갈 수밖에 없어.’

어쩌면 아까 그 가혹했던 행동에도 나름의 이유를 찾을 수 있을지도 모른다…….

풍덩!

마치 목덜미를 움켜쥐는 듯한 압박감과 함께 얼음장처럼 차가운 냉기가 뒷덜미를 후려쳤다.

마력 각성자가 아닌 일반인이었다면 버티지 못했을 충격.

유광명은 마력을 일순시켜 그 순간을 버텨 냈다.

동시에 손에 쥔 카메라를 조작하여 곧바로 촬영을 시작했다.

바닷속의 풍경은 아직은 그저 시커멓게만 보였다.

‘조리개 자동, 셔터스피드 최소화, ISO 감도 최대…….’

극한의 환경에서도 촬영할 수 있도록 특수 제작된 마력 기반의 카메라였다.

적당한 광원만 있다면 해저에서도 분명 영상을 담아 낼 수 있을 터였다.

'흠, 그래도 너무 어둡군.'

어쩔 수 없이 유광명은 마력을 끌어 올렸다.

마법이 필요한 순간.

[스킬 : '라이트'.]

남자의 손아귀 안에서 거대한 섬광 하나가 스윽 만들어지더니 다섯 개의 조각으로 나누어졌다.

그리고 손 위를 떠나서 흐르는 해류를 뚫고 나아가기 시작했다.

총 다섯 중 네 개의 빛이 떠나고 하나는 유광명의 카메라 위에 남았다.

'됐군.'

이제 유광명은 전후좌우를 모두 밝힌 상태에서 촬영을 할 수 있게 되었다.

현재 얼마나 많은 사람들이 그의 방송을 보고 있는지는 모르겠지만, 그래도 할 수 있는 만큼 화면을 확보해 보자는 심산이었다.

[스킬 : '레스피레이션'.]

수중을 전문으로 하는 헌터가 아니었기에 호흡 스킬의 효율은 그리 좋지 않았다.

'뭐, 여차하면 수면 위로 올라와서 보충하는 식으로 진행하면 되겠지.'

유광명은 빛을 움직이며 더 깊은 아래를 향해 나아갔다.

그러자 머리 위에서 그림자가 다가왔다.

동시에 전해져 오는 메시지 마법.

—잘 들리지도 않았을 텐데, 용케 알아듣고 바다로 들어왔군. 백수현이 텐류를 꺾은 것인가?

레이황.

앞서 부상을 입고 바다에 떨어진 그의 안색은 파랗게 질린 상태였다.

유광명은 마찬가지로 메시지 마법을 이용해서 그에게 응답했다.

—그래, 백수현이 이겼소. 텐류의 팔을 뜯어내고 목을 부러뜨렸지.

어차피 메시지 마법은 방송에 잡히지 않으니, 있는 그대로 말하더라도 아무 문제없다.

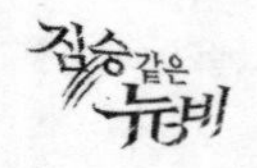

레이황은 아래로 헤엄쳐 오며 재차 메시지를 보내 왔다.

—그렇다면 한 고비 넘겼다. 만약 텐류에게 주도권을 빼앗겼다면, 정말로 되돌아올 수 없는 강을 건넌 셈이나 다름없었을 것이다.

—……이게 한 고비 넘긴 거라고? 무슨 말이오?

—보면 알 것이다. 백수현은 이미 알고 있는 것 같던데?

'백수현은 이미 알고 있다니?'

그러고 보니 그의 모습이 보이지 않았다.

텐류를 바다로 집어던져 버리고, 그 뒤를 따라서 몸을 던진 최원호.

그는 이미 시커먼 바다 저 깊은 곳으로 들어간 듯했다.

'정말 예측 불가로군.'

—이쪽으로. 놀라지 말도록.

유광명은 레이황이 이끄는 곳으로 향했다.

그리고 변화를 느꼈다.

'마력이……? 강해진다……?'

바다의 저면.

등 뒤의 독도가 산봉우리처럼 느껴지는 가장 깊숙한 곳에서 마력이 스멀스멀 흘러나오고 있었다.

그러나 여태까지 알던 것과는 다른 생소한 형태의 마력이었다.

지지지직…….

카메라에 노이즈가 끼어들며 촬영이 끊어지기 시작했다.

이곳에 뭔가가 있다는 것을 감지한 유광명은 재빨리 빛 덩어리들을 가장 깊은 곳까지 쏘아 보냈다.

그리고 마력으로 은은하게 빛을 발하고 있는 '그것'이 드러났다.

장대한 원형의 법진.

마력을 담은 구조물들이 한눈에 담을 수도 없을 만큼 거대한 규모로 바다 밑바닥을 장식하고 있었다.

카메라를 쥔 유광명은 당혹스러울 수밖에 없었다.

'대체 이게 뭐야……? 무슨 고대 유물 같은 건가?'

픽…….

결국 카메라가 망가지면서 화면이 꺼졌으나 잠시나마 법진의 모습을 담아내긴 했다.

유광명은 카메라를 아공간 주머니에 넣어 두고 더 깊숙한 곳으로 헤엄쳤다.

물속을 부유하는 시체 하나와 눈이 마주친 것은 바로 그 순간이었다.

……아는 얼굴.

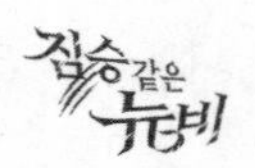

'김주석 마스터!'

유광명은 얼떨떨한 기분으로 시체의 얼굴을 몇 번이고 살펴보았다.

'내가 잘못 봤나? 이 사람이 왜 여기 있지?'

도무지 그 이유를 알 수가 없었으니까.

하지만 창백한 얼굴의 노(老)헌터는 분명 그 남자였다.

며칠 전, 청와대에서 직접 대면했던 아이언팩토리의 클랜 마스터 '김주석'.

그런데 일격에 심장이 뚫려 즉사한 상태였다.

'이게 대체 무슨…….'

레이황의 메시지가 들려온 것은 바로 그때였다.

—아는 헌터인가? 백수현이 잠시 무어라 이야기하더니 일격에 사살하던데? 일본인 헌터 아닌가?

—……한국인이오. 좀 더 자세히 말하자면, 백수현 마스터의 반대파라고 할 수 있겠지.

—그런가? 그렇다면 이상한 일이군. 같은 민족인데 어째서 그렇게 공격한 것인가? 아니, 그보다도, 왜 여기 있었던 것인가?

—글쎄…….

유광명 역시 똑같은 질문을 품고 있었기에 무어라 답을 할 수가 없었다.

다만 짚이는 부분은 있었다.

'김주석 마스터도 이인국 대통령에게 게이트 통제권을 요구했었지. 게다가 CBDC로 합류한 김서옥과 아주 친한 사이고.'

하지만 게이트 통제권은 최원호를 비롯한 클로저스 연합에게 넘어갔고, 한국은 세계 클랜 협의회에서 탈퇴했다.

김주석에게는 최악의 상황.

'……설마. 그래서?'

이해관계가 어긋난 헌터들이 소속 국가를 배반하는 것은 아주 흔한 일이었다.

역사적으로 유명한 친일 인사들을 따져볼 것도 없다.

당장 김서옥만 봐도 대한민국 국적을 헌신짝처럼 내팽개치고 미국에 합류하지 않았던가.

유광명은 고개를 돌려 전후좌우를 살펴보았다.

—레이황 마스터, 백수현 마스터는 어디로 갔소?

현재 상황을 제대로 이해하기 위해서는 결국 그에게 이야기를 들어야만 할 터.

그의 질문에 레이황은 아래를 향해 손짓했다.

–가장 깊은 곳. 백수현은 바다 밑바닥으로 향했다.

아마도 저 정체를 알 수 없는 법진을 마주하고 있는 모양이다.

차마 김주석을 그대로 둘 수 없었던 유광명은 라이트 하나를 시신의 가슴팍에 붙여 수면을 향해 출발시켰다.

이 정도면 독도경비대에서 처리해 줄 터.

–갑시다. 레이황 마스터.

–천천히 가겠다. 잘 따라와라.

레이황이 앞장을 서고 유광명을 뒤를 따르며 두 사람은 더욱 깊은 곳으로 나아가기 시작했다.

그리고 바다 밑바닥에 도착했을 때.

"……!"

"뭐, 뭐야? 이건?"

짙푸른 색으로 번쩍이는 거대한 게이트를 마주했다.

하지만 그것은 평범한 게이트가 아니었다.

[안내 : 예외 게이트 '×× ××의 ×××로 향하는 차원 통로'에 입장할 수 있습니다. 입장하겠습니까?]

타계로 향하는 길.

신인류가 만들고자 노력했던 차원 간의 통로가 바로 그곳에 건설되어 있었던 것이다.

유광명은 사방을 둘러보며 생각했다.

'백수현, 백수현 마스터는 어디 있지?'

사방에 죽은 헌터들의 시체들이 떠다니고 있었으나 그의 모습만큼은 어디에도 보이지 않았다.

10분 전.

텐류를 던져 놓고 바다에 뛰어든 나는 레이황을 발견했다.

역시나 멀쩡하게 헤엄치고 있었다.

아니, 오른쪽 팔의 동작이 약간 부자연스러운 걸로 봐서 아주 멀쩡한 상태는 아닐지도 모르겠다.

아무튼 정수리에 번개를 처맞고도 살아남았으니 중국 최강의 헌터라는 위명은 아깝지 않은 듯했다.

—……수현! ……긴 것인가? ……래에 뭔가…….

아깝지 않다는 말은 취소.

'뭐라는 거야?'

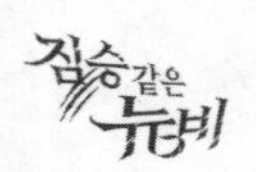

회복이 덜 되어 마력 운용이 자유롭지 않은 모양이다.
레이황은 메시지 마법조차도 제대로 사용하지 못하고 있었다.

-곧 우리 2진이 도착할 테니까 물 위로 올라가서 치료나 좀 받아. 거슬리게 돌아다니지 말고.

나는 손을 휘휘 내저었다.
그러자 그는 고개를 끄덕이면서도 아래를 향해 손짓했다.
동시에 전해지는 간명한 메시지가 있었다.

-밑에. 뭔가. 있다.

아래에?
역시 텐류는 이 바다 밑바닥에다 뭔가를 해 둔 듯했다.

-텐류, 무슨 수작을 벌인 거지?

내가 캐물었지만 텐류는 바닷물을 처먹고 부글거리면서도 나에게 제대로 된 대답을 내놓지 않았다.
…….
목뼈가 부러졌더라도 메시지 마법 정도는 쓸 수 있을 텐데, 내 통신을 애써 외면하고 있었다.

결국 직접 알아봐야 하는 일이다.

나는 바다 깊숙한 곳으로 잠영하기 시작했다.

'짐짝이 하나 있으니까 잠수도 쉽지 않군.'

왼손에 쥔 텐류의 몸이 자연스레 떠오르려 했기 때문에 가라앉는 속도가 더럽게 느렸다.

야수의 권능은 이럴 때를 위해 준비되어 있었다.

[권능 : '상륙군 바다거북의 돌격'.]

후욱--!

순간 물보라가 일어나며 빨려 들어가듯 아래로 가라앉기 시작했다.

옴짝달싹하지 못하는 텐류의 눈동자에 핏줄이 빨갛게 일어나는 것이 보였다.

'……!'

흡사 눈빛으로 비명을 내지르는 듯한 표정.

나는 피식 웃었다.

'수압 변화 때문에 죽을 맛인 모양이군.'

몸을 쓰지 못하게 된 데다 아무런 준비도 없이 바다 깊은 곳으로 급격하게 빨려 들어가고 있었으니, 아마 미칠 지경일 거다.

급기야 텐류의 눈동자가 뒤집힌 순간.

[스킬 : '컨디셔닝'.]

나는 재빨리 회복 마법을 시행했다.

—어때? 살 만하지?

딱 죽지 않을 정도로만 놈을 회복시켰다.
그러자 텐류는 나에게 절규하듯 메시지를 보내왔다.

—날 장난감으로 삼겠다는 거냐? 차라리 죽이라고!

……무슨 헛소릴.

—못생긴 장난감에는 취미 없어. 그냥 필요해서 살려 두는 거니까 착각하지 마라.

나는 텐류의 멱살을 쥔 채로 계속해서 아래로 향했다.
다리를 한번 휘저을 때마다 해저면은 급격하게 가까워졌다.
텐류는 그때마다 죽을 것처럼 눈을 까뒤집었지만, 나는 계속해서 놈을 적당히 살려두었다.

새로운 헌터와 눈이 마주친 것은 그때였다.

부그르르르르르——!

상대는 내 등장에 놀랐는지 공기 방울을 한차례 길게 뱉어냈다.

그리고 메시지가 도착했다.

—백수현!

—김주석?

갑작스러운 한국인 헌터의 등장.

안타깝게도 전혀 반가운 만남은 아니었다.

'김주석이 포섭된 건가?'

무엇 때문에?

나는 고개를 돌려서 텐류를 바라보았다.

'…….'

그때 텐류는 두 눈을 질끈 감은 채로 내 시선을 외면하고 있었다.

일종의 대처법이었다.

적에게 포로로 사로잡혔을 때, 내면세계를 파악당하지 않기 위해서 정신 방벽을 끌어 올리는 것과 함께 사용하는 보조 대처법.

'최대한 정보를 읽히지 않으려고 발악하는 건데?'

그렇다면 이곳에서 김주석과 함께 뭔가를 획책하고 있었다는 이야기가 된다.

나는 텐류에게서 시선을 거두고 김주석을 노려보았다.

정확한 전후 사정은 모르겠지만, 일단 미끼부터 던져 보자.

—……김주석, 이번 일에 책임질 자신이 있는 모양이지? 당신이 이런 식으로 승리를 거둔다 한들 뒷감당을 할 수 있을까?

그러자 눈빛이 요란하게 흔들리기 시작했다.

김주석은 숯제 산송장이 된 텐류와 거의 멀쩡하게 보이는 나 사이에서 갈등에 휩싸인 표정이었다.

그때, 일본인에게서 거대한 파장이 터져 나왔다.

〈모두— 놈과 싸워라—!〉

메시지 마법이 아닌, 머릿속에 송곳처럼 박히는 정신적 외침.

〈통로가 완성될 때까지 버텨야 한다—!〉

……통로.

그 말에 나는 김주석을 다시 돌아보았다.

놈이 당황하는 기색이 선명하게 드러났다.

—배, 백수현 헌터. 나, 나는……!

‘구질구질하기는.’

나는 김주석을 향해 힘을 전개했다.

[권능 : ‘제거자 불곰의 주먹’.]

[스킬 : ‘화섬권’.]

야성이 무투를 뒷받침하며 강력한 일권(一拳)을 바닷속으로 쏟아 냈다.

퍽.

김주석은 꼼짝도 하지 못하고 가슴이 꿰뚫렸다.

아마도 마력을 모두 소진한 상태였던 듯했다.

부릅뜬 눈에는 해명을 하고 싶다는 의지가 여전히 서려 있었다.

하지만 나는 그대로 지나쳤다.

‘변명하고 싶어? 지옥 가서 많이 해라.’

가슴이 뻥 뚫린 김주석을 밀어내고, 나는 다시 수직으로

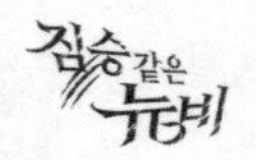

잠영을 시작했다.

서둘러야 한다.

아까 텐류가 터트린 정신 파장.

'분명히 통로라고 했지?'

달리 생각할 필요도 없었다.

분명 '차원 통로'를 이야기한 것이다.

그리고 놈은 김주석에게만 메시지를 전달한 것이 아니라, 저 깊숙한 곳에 숨어 있는 '모두'에게 소리쳤다.

'일본에서부터 함께 타고 온 수하들이겠지.'

하지만 저 거대한 항공모함에 사람만 태우고 왔을 리는 없다.

차원 통로를 만들기 위한 재료들.

'디멘션 하트 외에도 필요한 것들을 잔뜩 긁어 와서 작업을 벌이고 있었다고 추측한다면?'

대강 맞아떨어진다.

'시베리아에서 진행하던 차원 통로가 나 때문에 파괴됐으니까, 그걸 벌충하기 위해서 동해에 침투한 거야.'

텐류의 갑작스러운 도발과 시간 끌기도 같은 맥락에서 이해될 수 있었다.

그나마 다행스러운 것은, 아직 완성된 상태는 아니라는 점.

나는 바다거북의 권능에다 세비지 에너지를 조금 더 집중시키며 속도를 붙였다.

그리고 이내 새로운 흐름을 감지했다.
지구의 것과는 판이하게 다른 마력의 물결.
시스템 메시지가 출력되었다.

[안내 : 예외 게이트 '×× ××의 ×××로 향하는 차원 통로'가 현재 건설 중입니다.]
[안내 : 남은 시간은 3분 11초…….]

그리고 일군의 일본인 헌터들이 보였다.
각자의 무기를 꼬나 쥐고 내가 있는 곳을 노려보는 헌터 스무 명.
하나같이 잠수복과 마법 지팡이로 세팅한 헌터들은 처음부터 전투가 아니라, 차원 통로 개설 작업을 위해 투입된 이들이었다.
텐류가 다시 한번 정신 파장을 터트렸다.

〈반드시! 반드시 막아라! 전원 옥쇄해서라도 이놈을 막아 내—!〉

부러진 목뼈가 어떻게 되든 상관없는 듯이 놈은 온 힘을 다해 고함치고 있었다.

〈그러면 신세계가 도래할 것이다! 죽은 모두가 되살아날……!〉

뚜둑.

더 들을 필요가 없다고 판단한 나는 텐류의 목을 완전히 꺾었다.

그러자 일본인 헌터들의 눈빛이 야차처럼 변했다.

그들은 나를 향해 살기를 일으키며 솟구쳤다.

하지만…….

[권능 : '유령 흑사자의 송곳니'.]

나는 금속으로 이루어진 폭우를 불러냈다.

순간적으로 모든 힘을 짜내자 뒤통수가 저릿했다.

그것은 무겁게 가라앉은 바닷물을 밀어내며, 각자의 목표에게로 쏟아졌다.

관통력은 물리 법칙을 무시하며 타격점을 헤집었다.

침묵.

그들은 나에게 마법 한 줄기 써 보지 못하고 바다 밑바닥에 꿰어지고 말았다.

[권능 : '오색 잉어의 아가미'.]

"후우우우……."

생존자가 없다는 사실을 확인한 나는 에너지 소모를 줄이고 속도를 조금 늦추었다.

[안내 : 남은 시간은 2분 6초…….]

'시간은 충분해.'

일전에 가완성되어 있던 시베리아 통로를 파괴해 보았으니, 통로 파괴 작업이 그리 어렵지 않다는 사실도 잘 알고 있었다.

당장 차원 연결을 구성하고 있는 마력 매개체만 몇 개 깨뜨려 버리면 곧바로 정지되는 것이었다.

나는 천천히 내려섰다.

[안내 : 남은 시간은 1분 19초…….]

심해 속에서 시린 빛을 번쩍이는 게이트가 보였다.

역시나 수백 개의 디멘션 하트가 게이트에 마력을 불어넣고 있었고, 사방으로는 거미줄처럼 펼쳐진 마법진이 그 작동 과정을 보호하는 중이었다.

하지만 이 정도쯤이야.

나는 감각을 넓게 펼쳐서 가장 취약한 부분을 골라냈다.

'여기.'

마치 유리창 가장자리에 못 하나를 대고 툭 쳐서 거대한 균열을 일으키듯, 단 한 번의 공격으로 차원 통로는 파괴될 예정이었다.

나는 세비지 에너지를 살짝 끌어 올리며 조준점을 가져다 댔다.

그런데 바로 그 순간.

"……?"

미처 완성되지 못한 게이트 저편에서 사람의 그림자가 일렁였다. 아니, 그림자라기보다는 이목구비가 얼핏 보일 만큼 구체적인 잔상이었다.

'이러면 안 되는데.'

그걸 알면서도 나는 우뚝 멈춰 설 수밖에 없었다.

너무나 그려 왔던 사람의 모습이었으니까.

내가 악착같이 힘을 키우고 살아남아서 지구로 돌아올 수 있었던 동력이자 이유.

영하 누나.

그녀의 그림자가 게이트 저편에서 신기루처럼 어른거리고 있었다.

[알림 : 예외 게이트 '×× ××의 ×××'가 완성되었습니다.]

[안내 : 연결을 희망하는 차원을 입력할 수 있습니다.]

"……!"

행방불명 뉴비

클로저스 연합이 도착한 것은 그때쯤이었다.

정석진과 최신우가 이끄는 헌터들은 한국 해군의 지원을 받아서 쾌속선들을 이용하여 독도 부근까지 도달했으며.

"헌터님들, 죄송하지만 현재 풍랑이 너무 심해서 배를 가까이 대기는 어려울 것 같습……."

"아, 그건 괜찮습니다. 여기서부터는 알아서 하겠습니다."

난색을 표하는 함장에게 부드러운 미소를 지어 보인 정석진이 앞으로 나섰다.

그리고 그에게서 마법을 배운 제자들이 일제히 도열했다.

비록 이곳에 가장 뛰어난 제자이자.

스승을 한참이나 뛰어넘어서 압도적인 수준으로 자리매김

한 최원호는 이 자리에 없었지만.

[스킬 : '프리즈'.]

지금은 이들만으로도 충분했다.

지난 강행군에서 수십 번의 게이트 폐쇄를 잇달아 성공시킨 결과, 전원이 몇 단계는 뛰어올랐으니까.

정석진을 기점으로, 마법사들은 하나의 마법을 일제히 전개하기 시작했다.

[스킬 : '프리즈'.]

[스킬 : '프리즈'.]

[스킬 : '프리즈'.]

[…….]

마나라는 신비력을 구속하는 주술문들이 하늘을 자욱하게 뒤덮었다.

그리고 바다 한복판에 얼음으로 만든 송곳이 내리꽂혔다.

콰자자자작--!

일순 성난 황소처럼 몰아치며 넘실거리던 해수면이 한꺼번에 얼어붙었다.

선체가 기우뚱거리던 해군 함정들까지 모조리 움직임을

멈췄다.

그리고 다음 순간.

“앞으로.”

정석진이 전면을 가리키며 정언하자 얼음의 파장은 살아 있는 듯이 직선으로 뻗어 나갔다.

거센 바다 파도의 결을 찍어 누르고, 독도까지 빙판의 길이 이어진 것은 그야말로 순식간에 벌어진 사건이었다.

“…….”

“미쳤다…….”

각자의 위치에서 바깥 상황을 주시하고 있던 해군 장병들의 입이 쩍 벌어졌다.

“부소대장님, 이런 게 되는 거였습니까? 매형이 헌터라면서요?”

“몰라, 인마. 나도 이런 건 처음 본다고.”

“우와, 갑자기 분위기 남극 탐험.”

피유우우우우--!

진귀한 광경을 본 군인들이 저마다 떠드는 가운데, 정석진이 지팡이를 높게 들어 올리며 신호탄을 쏘아 올렸다.

“전위는 클로저스! 이스케이프가 양익을 맡는다! 그리고 후위는……!”

“……후위는 율탄 클랜에서 맡겠다고 합니다. 정석진 마스터.”

슬쩍 끼어든 목소리.

"워해머 마스터가 그러셨나?"

"예에."

"허허허허!"

"……."

정석진의 시선을 받으며 얼굴을 살짝 찌푸리고 있는 헌터는 바로 헌드레드였다.

그는 클로저스 클랜의 지휘권을 최신우에게 잠시 이양해 두고, 율탄 클랜과 함께 움직이는 중이었다.

속사정을 알고 있는 정석진이 빙긋 웃었다.

"아버님의 아들 사랑이 참으로 각별하시군."

"전 부담스러워 죽겠습니다."

"허허허!"

대한민국 5위 레이드 클랜, 율탄.

은신과 암살에 특화된 헌터들로 꾸려진 이 클랜의 수장은 본명이 알려지지 않고 오로지 '워해머'라는 콜네임으로만 불리는 헌터였다.

그런데 놀랍게도 그가 바로 클로저스의 세컨트 헌터, 헌드레드의 친아버지였다.

그렇기에 율탄 클랜은 자연스럽게 클로저스 클랜에게 우호적인 태도였고.

정석진의 설득이 더해지면서 클로저스 연합의 일원으로

포섭될 수 있었던 것이다.

"워해머 마스터! 가시죠!"

이제 클로저스 연합의 간부들에게는 제법 공공연하게 알려진 사실이 되었으나 헌드레드는 꿋꿋이 모른 척하고 있었다.

그는 뒤편에서 느린 발걸음으로 걸어 나왔다.

저벅, 저벅…….

2미터를 넘는 거대한 체구와 콜네임에 어울리는 거대한 전투 망치를 든 노인.

"멋지군. 가십시다."

독도까지 펼쳐진 은빛의 빙판을 훑어보며 짧은 감상을 내어놓은 그는 정석진에게 한 차례 고개를 끄덕였다.

그러자 본격적인 진격이 시작되었다.

좌우에서 가속 마법과 탐지 마법을 장전한 이스케이프 클랜원들이 넓게 펼쳐 서자, 최신우가 이끄는 클로저스 클랜원들이 두꺼운 종심(縱深)을 이루며 앞으로 달리기 시작했다.

"탐지는 모두 양익에 맡기고! 우리는 거점 점령에 집중한다! 1차 거점은 독도 최상단! 2차 거점은 일본 측 함선이다!"

그녀는 비행 마법과 방어 마법을 동시에 전개하며 최일선에서 방패이자 눈이 되었다.

그 뒷모습을 보며 아버지와 아들이 시선을 주고받았다.

"저 애냐? 네가 좋아하는 여자가?"

"아니, 아버……! 거 아무튼 진짜 아니라니까요!"

"음, 맞는 모양이군. 그래. 힘내라. 가능성은 희박해 보이지만."

"희박이오? 하아아……."

부자(父子)의 영양가 없는 만담을 들으며 정석진은 피식피식 웃었다.

그사이, 클로저스의 헌터들은 독도의 바위 절벽을 뛰어오르고 있었다.

유광명과 레이황이 얼음장을 부수면서 올라온 것은 바로 그때였다.

"왔군, 왔어!"

"빨리 왔지만, 너무 늦었다."

바다 밑바닥까지 다녀온 여파로 인해 마력은 이미 바닥이 난 상태.

두 사람은 아군을 발견하고도 제대로 운신할 수가 없었고…….

"어이! 어이!"

"어--이!"

두 남자가 함께 목소리를 모아서 고래고래 고함을 지른 끝에야 최신우에게 발견되었다.

"……!"

시선을 맞춘 순간, 그녀는 이스케이프 클랜원들과 함께 순식간에 날아왔다.

이어지는 질문은 당연한 것이었다.

"저희 오빠는요? 어디 있죠?"

"그……."

"……."

마땅히 대답할 말이 없었던 유광명과 레이황은 한숨을 내쉬었다.

바다 밑바닥에서 발견된 차원 통로야 당연히 설명할 수 있지만.

최원호가 그곳에서 감쪽같이 사라져 버렸다는 것은 어떻게 이야기해야 한단 말인가?

두 사람은 그 '예외 게이트'라는 것에 대해 전혀 알지 못했으므로 제대로 설명할 방법도 없었다.

"왜 대답이 없으세요? 백수현 헌터는 어디 있냐고요!"

"그게 말이지, 바닷속에 어떤 통로가 열렸는데."

"아무래도 백수현은 그 통로에……."

"뭐라고요?"

"자, 잠깐만! 레이황 마스터, 그건 확실하지 않은 이야기잖습니까!"

"그게 아니라면 어디로 사라졌단 말인가!"

"사라져……?"

순간 PTSD를 건드리는 말에 최신우는 얼굴을 팍 찌푸렸다.

그러자 두 남자는 움찔했다.

"잠깐! 아니야! 한채미 헌터! 우리도 못 본 장면이 많아! 그러니까 상황을 추론할 시간을 주게. 하지만 한 가지는 확실해!"

"뭐죠?"

"텐류는 백수현 헌터에게 사살당했네. 그건 분명히 확인했어."

"그럼 오빠는 어디 있다는……."

"아! 일단 저 큰 배부터 정리하는 것이 어떠한가?"

레이황이 일본의 항공모함을 가리키며 손짓했다.

하지만 그거라면 따로 지시할 필요도 없었다.

"이미 하고 있거든요?"

클로저스 연합의 헌터들은 독도 구석구석을 살펴보며 적의 존재를 확인했다.

그렇게 따로 상륙한 적이 없다는 사실이 확인된 직후…….

"율탄! 전원 침투 시작!"

워해머의 명령에 따라 율탄 클랜의 어쌔신들이 급격히 가속하며 항공모함으로 달려들었다.

헤이스트.

신속.

액셀러레이션 등.

암살 관련 특성의 보유자라면 반드시 가지고 있는 가속 스킬들이었다.

마치 함선을 뜯어먹을 것처럼 순식간에 에워싼 검은 그림자들.

—좌현, 이상 없습니다.

—우현도 이상 없습니다.

—갑판 장악을 완료했습니다.

—내부 침투를 시작하겠습니다.

주도면밀하게 상황을 검토한 뒤 율탄 클랜원들은 거대한 함선 안으로 숨어들었다.

마법사들의 관측 지원과 엄호까지 받으며 선내를 휘젓고 다닌 결과.

"한채미 헌터, 10명의 일본 측 예비 병력을 포로로 잡았소. 아, 이 항공모함은 물론 우리가 통제하고 있고."

드넓은 갑판에 선 워해머가 희미한 웃음을 보내오고 있었다.

"아, 예. 수고하셨습니다. 일단 가시죠, 아저씨들?"

그 미소에 잠시 움찔했던 최신우는 곧바로 유광명과 레이황을 이끌고 일본인 헌터들을 향해 다가갔다.

대장인 텐류가 보이지 않고, 이번 작전이 어긋났다는 사실을 알아차린 그들은 공포에 질린 상태.

이번엔 최신우의 질문이 조금 바뀌었다.

“너희, 바닷속에다 뭘 감춰 놓은 거야?”

통역이 그녀의 말을 전하자마자 시퍼런 칼날의 그림자가 목전에 바짝 드리워졌다.

“딱 5초 줄게.”

본보기로 한두 사람쯤 죽이는 것은 아무렇지도 않게 해낼 무시무시한 살기와 눈빛이었다.

“아, 아노…….(그, 그게…….)”

잠시 눈치를 살피던 일본인 헌터들은 앞다투어 입을 열기 시작했다.

다름 아닌 차원 통로에 대한 이야기.

“……연결하고 싶은 차원을 선택해서 들어갈 수 있다고?”

설마. 설마?

“에이, 아니겠지. 그럴 리가 없어.”

하지만 자신의 오빠에 대해 잘 알고 있는 여동생의 표정은 딱딱하게 굳어질 수밖에 없었다.

‘지금 당장 영하 언니를 찾으러 간 건 아니겠지?’

물론 본인의 자유라면 자유겠지만.

정말로 이런 최악의 타이밍에 말 한마디도 없이?

최신우는 입술을 꾹 깨물며 바다를 돌아보았다.

“오빠, 어디로 간 거야…….”

언론은 보란 듯이 태세를 전환하며 기사를 쏟아 내기 시작했다.

[시대일보] '동해 침범' 일본 항모… 독도 인근에서 우리 軍에 억류 중

[한경신문] 日 헌터들, 생환자 없다? 이인국 대통령, "클로저스 연합의 단호한 대처가 빛을 발했다!"

[현대일보] '클로저스 연합' 승전보에 시민들, "이것이 K-헌터!" "생중계 필요했나?" "헌터 군대 창설해야" 다양한 반응들…

다소 불안함을 드러내기도 했지만, 대부분은 이번 승리에 안도의 한숨을 내쉬고 있었고.

[헌터 포커스] 中 레이황 "승리의 주역은 백수현… 앞으로 중국도 클로저스 연합에 힘 보탤 것"

[영웅일보] 게이트 전문가들, "백수현, 텐류-레이황보다 훨씬 강했다!" "예측할 수 없는 경지" …놀라움 드러내

[데일리 게이트] 동해 대전 '완승' 정석진 마스터, "백수현은 그 누구보다 강하다" 발언, 존 메이든 겨냥했나?

최원호가 보여 준 압도적인 무력과 성과에 대해 연일 보도하기도 했다.

전투 장면이 만천하에 공개된 덕분에 그를 매국 헌터 또는 러시아인으로 치부하던 한국인들은 온데간데없이 자취를 감춘 상태였다.

—빛수현.. 그는 신인가?

—아니 백수현은 거품이지 언빌리'버블'

—ㄴㅋㅋㅋㅋㅋㅁㅊ 텐류가 아무리 퇴물 소리 듣긴 해도 올라운드 헌터 끝판왕 아니었나?

—와 생중계 보면서 지는 거 아닌가 했는데;; 갑자기 각성하더니; 팔이 6개!!!!

—나 이거 뭔지 앎ㅋ 아낙수나문이지?

—ㄴ아재요ㅋㅋㅋ 아낙수낙문이 아니고 아수라ㅋㅋ

—하여간 백수현은 평생까방권이다ㅎ 각시탈을 생중계로 보여주다니ㅎㄷㄷㄷㄷ

—러시아 좀 갔다온다고 개ㅈㄹ하던 놈들,,, 무었하느냐,, 다 치약 뚜껑에 대가리 박어,,, 십색기들,,

이에 반해 일본은 초상집 분위기였다.

—보고도 믿기지 않는다.

—어이? 농담이지? 텐류 사마가? 아시아의 '황제'였잖아?!!

—아아 꿈을 꾸고 있는 것 같다.. 누구라도 좋으니 깨워 줬으면..

—결국 밀려 버렸구나ww 이대로라면 한국에게 영원히 패배하게 될지도?

—……애초에 투지가 없었다고 보입니다 미국에게 힘을 빌리지 않으면, 무엇 하나 제대로 되지 않는 지경(웃음)

—똥 같은 항공모함은 왜 가지고 갔던 거야? 과시용이냐?!

양국의 대중은 각각 지옥과 천당에 서 있는 듯이 감정을 드러내고 있었다.

그리고 정치권에서는 그보다 더 큰 이야기들이 오가고 있었다.

"……아무리 일본 측 헌터들의 '개인적 일탈'이라고 해도 해상자위대가 움직인 이상, 좋게 넘어가는 건 불가능하지요. 톡톡히 배상할 준비를 하십시오, 야마시타 총리. 그럼."

거의 우는 것처럼 이야기하는 일본 총리와 물밑 통화를 마친 이인국 대통령.

'그래, 백수현 헌터에게 전권을 맡긴 건 신의 한수였어!'

단지 올노운의 공백을 채울 적임자가 아니라, 대한민국을 미국에 맞먹는 헌터 강국으로 키워 낼 수 있는, 영웅의 재목을 골라냈다는 느낌이었다.

"비서실장! 헌터지원센터 통해서 클로저스 클랜에 최대한으로 지원할 수 있도록 조치하세요. 그리고 백수현 마스터에게 훈장을 수여할 준비도 부탁합니다."

"알겠습니다."

불과 며칠 전까지만 해도 '매국 헌터', '원정남'이라며 손가락질 받던 최원호는 단숨에 구국의 영웅으로 떠올랐다.

한국 사회의 모두가 그의 입을 통해 직접 이야기를 듣고 싶어서 촉각을 곤두세우고 있었다.

그러나 그는 나타나지 않았다.

독도 전투가 끝나고 3일째 되던 날…….

> [게이트 저널] 〈여선영이 묻는다〉 사상초유의 헌터 전쟁, '승자'의 모습이 보이지 않는다 "백수현은 어디에?"

사람들이 의심하기 시작했다.

혹시 최원호가 죽은 것은 아닌지.

지금 살아 있다면 무슨 까닭으로 아직도 모습을 드러내지 않는 것인지, 의구심을 품을 수밖에 없었다.

동해를 침범했던 항공모함은 여전히 독도 동남쪽 해안에 정박되어 있는 상태였다.

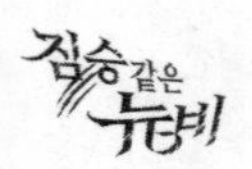

그리고 지금 그 함내에서는 격렬한 언쟁이 오가고 있었다.

"당장 구출대를 파견하겠습니다."

"아뇨. 안 돼요."

"왜죠?"

"그럴 필요도 없고, 오히려 위험해져요. 자칫하면 거품 효과가 일어나서 다른 통로까지 열릴 수도 있고요."

"아니, 그럼 그냥 이대로 두고 보라는 말입니까? 오빠가 돌아오지 못할지도 모르는데?"

"그냥 두고 보는 게 아니라, 다음 상황에 대비하자는 말이죠. 그리고 마스터는 어차피 돌아올 거예요. 뭘 그리 호들갑이죠?"

"호들갑? 어디서 그런 무사태평한 소릴!"

"무사태평이 아니라 있는 그대로를 이야기하는 거예요. 혈육이면서 마스터를 믿지 못하는 건가요?"

최신우와 이엘린이 각기 다른 의견을 내세우며 맹렬하게 대립하고 있었다.

"……."

"……."

다른 헌터들은 두 사람 사이에서 눈치를 보고 있었다.

최원호의 행방이 묘연해진 지도 벌써 나흘째.

그가 새로 만들어진 차원 통로에 진입한 것 같다는 유광명의 추측은 이제 기정사실로 여겨지고 있었다.

때문에 헌터들은 여전히 현장을 떠나지 못하고 갑론을박을 벌이고 있었다.

"좋아요. 당신의 뜻은 알겠어요. 하지만 난 아니에요. 수색대 편성이 안 된다면 혼자라도 가겠어요. 설마 1인 수색대 편성은 반대하지 못하겠죠?"

들어가서 장소의 기억이라도 읽어 낼 생각이었다.

그렇게 최신우가 바다 밑바닥으로 향하겠다는 의지를 드러내자…….

"그럼 나도 갈게!"

"저도 가겠습니다."

"……수색은 우리 전문이지."

봄향, 헌드레드, 워해머를 필두로 한 대부분의 클로저스 클랜원들이 동조하며 나섰다.

하지만 이엘린은 혀를 찼다.

"굳이 가겠다고요? 편성이야 반대하지 못하겠죠. 하지만 전 당신을 여기다 단단히 묶어둘 거예요. 저 바닷속으로는 발끝 하나도 담그지 못하게 하겠어요."

"뭐, 뭐라고? 왜! 어째서!"

"그야 마스터가 그걸 원할 테니까. 죽은 여동생보다야 묶여 있는 여동생이 낫지 않겠어요?"

"허. 이런 미친 엘프가……."

최신우는 할 말을 잃고 말았다.

사실 그녀 이외에도 수색에 반대하는 헌터들은 많았다.

"죄송하지만 저도 수색 작업에는 반대에요. 저건 그냥 평범한 게이트와는 많이 달라요."

뒤늦게 합류한 한겨울.

"한채미 헌터, 나 또한 수색대 편성에 동의할 수가 없네."

최원호가 없기에 실질적으로 클로저스 연합을 이끌고 있는 정석진 마스터.

"신우 씨, 미안해. 나도 지나치게 위험한 일이라고 생각해. 그래도 가겠다면 붙잡지야 못하겠지만, 그러지 않았으면 좋겠어."

심지어 블랙핑거 클랜의 이규란 마스터마저도.

"……."

반대에 부딪친 최신우는 말문이 턱 막히고 말았다.

"잘 생각해 보게. 원호가 돌아오지 못하는 게이트라면 다른 헌터들에게는 더더욱 위험한 곳이잖은가? 그야말로 사지(死地)나 다름없는 장소라는 말이야."

특히 최원호의 스승인 정석진의 이야기는 무어라 반박할 수가 없는 것이었다.

"마스터! 그래도……!"

"마음은 나도 이해하네. 하지만 부디 조금만 진정을 찾게나, 한채미 헌터."

당장이라도 울음을 터트릴 것 같은 표정의 최신우를 정석진이 달래기 시작했다.

"무슨 이유인지 모르겠지만 원호가 차원 통로에 들어갔다면 이유가 있었을 것이고, 분명 무사히 돌아올 수 있다는 확신도 있었을 거야. 그러니까 조금만 더 기다려 보자고. 응?"

지켜보던 유광명과 레이황까지 입을 열었다.

"그 말씀이 맞다. 단서가 없긴 하지만, 앞뒤 상황으로 미루어 보자면 분명 뭔가 이유가 있는 행동이었어. 백수현이 무턱대고 들어간 건 아닐 테니 말이지."

"울지 마라. 당신의 오빠는 곧 돌아올 것이다."

설득과 위로가 계속되자 최신우는 고개를 끄덕였다.

하지만 불안한 표정은 여전했다.

4년 전, 한 차례 오빠를 잃어 보았던 기억과 경험이 그녀를 괴롭히고 있었다.

사실 모든 헌터들이 착잡한 표정이었다.

'텐류와 일본은 밀어냈다지만, 존 메이든과의 전쟁은 이제 막 시작한 거나 다름없는 상황인데…….'

결사단원으로서 전쟁을 걱정하고 있는 한겨울.

'어쨌든 원호가 돌아와야 한다. 내가 지휘관이 될 수는 있겠지만, 길잡이가 될 수는 없어.'

클로저스 연합의 앞날에 대해 생각하고 있는 정석진.

'하, 마스터는 진짜 무슨 생각으로 갑자기 휙 없어지신 거지? 기다릴 사람들은 생각 안 하시나!'

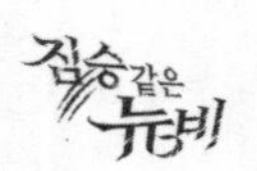

우울한 표정의 최신우를 위로해 주는 헌드레드…….

어마어마한 승리를 거두고, 항공모함이라는 전대미문의 전리품까지 취했지만 헌터들은 기뻐할 수가 없었다.

이처럼 초상집 같은 분위기의 헌터들 사이로.

"으음? 왜들 이러지?"

진세희가 성큼성큼 걸어 들어왔다.

정확히 말하자면, 죽은 진세희의 몸을 사용하고 있는 거인왕 자하르.

그녀는 혼자 바다 수영이라도 했는지 온몸에서 물이 뚝뚝 떨어지는 모습이었다.

흡사 문상객들 같은 표정들을 둘러보던 붉은 입술이 씨익 말려 올라갔다.

"설마 최원호가 돌아오지 않아서 이러는 건가?"

그 말에 이엘린이 고개를 끄덕였다.

"그렇습니다, 자하르 님. 최신우 양이 혼자서라도 마스터를 뒤쫓아 가겠다는 것을 말리느라 힘들었어요."

"뭐라? 프하하하하!"

녹왕은 인간들의 분위기 따위는 전혀 아랑곳하지 않고 웃음을 터트렸다.

"인간의 우애가 참으로 깊구나! 이런 점은 거인들도 본받았으면 좋겠는데! 무모한 애정이라고 할 만하지 않은가?"

"뭐? 무모? 저 외계인이 진짜……! 머리털을 몽땅 뽑아서 무모하게 만들어 줘?"

최신우가 발끈한 순간.

"아, 걱정하지 마라. 아마 최원호는 72시간 안에 돌아올 거다."

"……72시간?"

"물론 장담하는 것은 아니다. 하지만 적어도 나는 그렇게 분석했으니 믿어 줬으면 좋겠군."

장담은 아니라고 하면서도, 해수면 어딘가를 바라보는 자하르의 눈빛은 확신에 차 있었다.

'72시간이면 3일인데.'

'정말일까?'

'그냥 하는 말 같지는 않은데.'

그의 말마따나 확신할 수는 없다.

헌터들은 반신반의하면서도 72시간을 기다려 보기로 했다.

—와, 멋지다! 여기! 주인, 아×타라는 영화 봤어? 거기 보면 딱 이런 느낌인데…….

"해청, 조용."

—아, 알겠어. 집중할게.

나는 거대한 숲으로 이루어진 미로를 통과하고 있었다.

이곳의 식생들은 지구의 것보다 두어 배는 거대한 크기를 자랑했다.

실로 장대한 풍경에 해청은 감탄을 연발하고 있었다.

하지만 난 전혀 대꾸하지 않았다.

그럴 때가 아니었으니까.

끼이이이잇-!

어디선가 들려오는 몬스터의 울음소리.

'그래, 저쪽이군.'

상공을 날아가는 그 괴수의 존재는 나에게 나침반과도 같았다.

수인종 헌터들이 '사자새'라고 불렀던 거대한 조류, 그리폰.

놈들은 햇빛을 등지고 먹잇감을 사냥할 때 저런 괴성을 질러 댔다.

역광을 이용해 거리감에 혼선을 주는 것과 함께.

그리고 순간적으로 강력한 마력 진동을 쏘아 보내어 사냥감의 움직임을 봉쇄하는 것은 그리폰 특유의 사냥 수법이었다.

페이즈 3에 도달하여 300레벨까지 바라볼 수 있게 된 수인종 헌터들에게는 그저 소소한 견제 스킬에 불과했지만.

어쨌거나 그리폰은 동물 계열 몬스터 중에서도 그 특수성 때문에 수인종 연구자들에게 많은 관심을 받던 몬스터 종이었다.

'어쩌면 가장 많이 게이트에서 끄집어내진 몬스터일지도 모르지.'

수인 헌터들 중에서도 그리폰에 가장 큰 집착을 보였던 이들은 바로 사자들이었다.

특히 '백금 사자'라고 불리던 녀석들이 그리폰 연구에 열심이었다.

백금 사자들은 거대한 농장을 지어 놓고 운영할 만큼 지극정성으로 그리폰을 연구했다.

"……이쪽이었던가?"

나는 숲의 능선을 타고 더 깊숙한 숲속으로 들어섰다.

그리고 기억하던 것과 전혀 달라지지 않은 풍경을 마주했다.

-우오오오! 그리폰들이 겁나 많잖아! 여기야? 주인이 찾던 곳이?

"맞아."

족쇄를 차고 있는 그리폰들이 수백 마리나 돌아다니고 있었다.

바로 이곳이었다.

백금 사자의 그리폰 농장.

어디 보자.

'그래, 저기쯤 경계 병력이 배치되어 있을 텐데?'
나는 농장을 향해 과감하게 접근하기 시작했다.
그러자 반응은 곧바로 돌아왔다.
아우우우우우--!
늑대의 것과는 사뭇 다른.
보다 굵직하고 위협적인 하울링.
'사자의 방식이지.'
기감을 넓게 펼쳐 보았다.
강력한 헌터들의 존재가 머릿속으로 입력되는 것이 느껴졌다.
반인반수의 헌터들은 지체 없이 내 앞에 모습을 드러냈다.
자랑이라도 하고 싶은 것인지 노을 아래 갈대밭처럼 아름다운 갈기털을 멋지게 휘날리며 달려오고 있었다.
그리고 가장 선두에서 무지막지한 흉성을 쏟아 내는 수인종 헌터가 보인다.
"뭐 하는 놈이냐--!"
아직은 얼굴이 제대로 보이지도 않는 먼 거리였는데, 놈은 나를 향해 마구잡이로 고함을 질러 댔다.
"어떤 놈이길래 감히 겁도 없이 '백수의 왕'께서 기거하는 곳을 침범하는가!"
……뭐? 백수의 왕? 저놈이?
'웃기고 앉았네. 하라칼한테도 꼬리를 말던 개냥이 녀석

이.'

오랜만에 제 위치를 자각하도록 도와줘야겠다.

서로 얼굴이 보일만한 위치가 된 순간, 나는 입꼬리를 비틀었다.

"안녕? 오랜만이다, 바키아?"

"어디서 감히 내 이름까지 입에 올리……!"

"오호, 내가 없던 사이에 이름값이 좀 오른 모양이네? 그래도 하라칼을 뛰어넘진 못했을 것 같은데? 개냥아?"

"뭐? 개냥……? 어? 어어?"

뛰던 걸음이 느려지고, 어기적어기적 걸어오던 놈은 결국 입을 쩍 벌리며 멈춰 섰다.

이제야 내가 누군지 알아본 것이다.

"어이, '금사자' 바키아."

나는 짐짓 눈살을 찌푸리며 손가락으로 내 얼굴을 가리켰다.

"너 나 몰라?"

"아, 아니!"

"아니? 말이 많이 짧다? 아아, 아까 네가 새로운 '왕'이 됐다고 했었지? 크으, 세상 참 좋아졌네!"

"아뇨! 그게 아니고요!"

"개냥이 바키아가 왕이라니……! 도대체 얼마나 평화로운 거야? 다들 송곳니 뽑고 발톱 잘랐냐? 전부 초식동물 됐어?

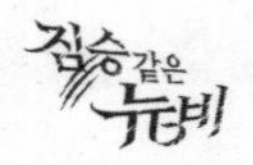

되새김질 좀 치겠네?"

"죄, 죄송합니다! 왕이시여!"

"죄송하면 헌터 생활 끝나냐? 게이트가 혼자 사라져? 레벨 업이 자동으로 일어나고 그래?"

"아닙니다!"

금사자는 거의 우는 듯한 표정으로 고개를 가로젓고 있었다.

내가 속으로 피식 웃고 있으려니 해청이 혀를 내둘렀다.

-주인, 그렇게 안 봤는데…….

'뭐 인마, 뭐.'

나는 원래 이런 왕이었다.

사실 왕이라기보다는…….

그냥 틈만 보이면 사정없이 수하들을 쥐어박는 악덕 선임병에 가까웠다.

왕좌에 앉아서 거드름 피워 봐야 게이트 공략과 폐쇄에는 전혀 도움이 되지 않기에 나는 차라리 이쪽을 택하기로 했었다.

내가 그렇게 구해 낸 세계.

야수계.

나는 동해 밑바다에서 영하 누나의 그림자를 보았으나, 그녀를 쫓아가지는 않았다.

오히려 이 세계와의 연결을 선택했다.

“저기, 왕이시여?”

한참이나 나를 힐끔거리던 라키아가 입을 열었다.

“1년 전에 마지막 게이트를 끝내고 원래 계시던 곳으로 돌아가셨잖습니까? 혹시 그게 낭설이었습니까?”

그러니까 왜 여기 있느냐 이 말이지?

“음, 돌아갔는데 볼일이 생겨서 잠시 돌아온 거야.”

“아아…….”

“그것보다, 네가 해 줄 일이 하나 있다.”

이 세계에서 내 명성은 절대적이었고, 나와 함께 활동했던 수인종이라면 더더욱 그러했다.

“예! 하명하십시오!”

라키아는 백금색 갈기를 휘날리며 허리를 꺾었다.

나는 간단히 지시했다.

“케이샤와 하라칼을 불러 줘, 최대한 빨리.”

야수계의 2인자였던 늑대 수인종 ‘케이샤’.

그 뒤를 바짝 추격하던 호랑이 수인종 ‘하라칼’.

두 녀석에게 도움을 요청할 생각이었다.

‘차원 통로를 개설하는 방법이 너무 쉬웠어. 고작 항공모함 하나 띄우는 정도로 통로를 열 수 있는 상황이라면, 이미 미국에서는 수십 개의 통로가 열렸을지도 모르지.’

지구에서 벌어질 차원 전쟁은 내 예상을 훨씬 뛰어넘는 수준으로 확장될 터.

반드시 원군이 필요했다.

'믿을 수 있는 지원군.'

나는 옛 동료들에게 그 역할을 부탁할 생각이었다.

거절당한 뉴비

"야, 라키아."

"예?"

"빨리 움직여. 발이 보인다?"

"죄, 죄송합니다!"

"근데 재 이름이 뭐더라? 아, 루네프! 맞지? 너는 에르사. 이 새끼들이 경례 안 붙여? 그새 빠졌네?"

"와, 왕을 뵙습니다!"

"왕을 뵙습니다!"

"그래, 그래야지. 어디 아이콘텍트만 하고 슬며시 도망가고 있어? 우리가 눈빛만으로 통하는 사이였어?"

"아닙니다!"

"죄송합니다!"

나는 그리폰 농장의 전경이 모두 보이는 곳에 앉아서 사자들을 쪼아 대고 있었다.

놈들은 내가 없는 사이에 훌쩍 성장한 듯했으나, 그래 봤자 나에겐 조금 거대한 야옹이들에 불과했다.

"라키아? 메시지는?"

"예! 호출 메시지는 전달했고! 말씀하신 것처럼 '레드-고블린' 상황으로 송출했으니 곧바로 응답이 올 것입니다!"

"그래?"

"그렇습니다! 왕이시여!"

레드-고블린 상황.

전시 상황은 아니지만 그에 준하는 긴급 상황이 벌어졌음을 전하는 말이었다.

실은 백금 사자 일족에게는 아예 발송 자체가 허락되지 않은 고등급 메시지.

그러니까 케이샤와 하라칼은 당장 라키아를 족치고 싶어서라도 이쪽으로 달려오게 될 것이다.

갑자기 야수계로 돌아온 두 녀석을 호출할 수 있는 방법 중에서 가장 빠른 것이 바로 이것이었다.

"아마 오늘 내로 두 분 모두 오실 겁니다. 저, 그런데 왕이시여? 주제넘지만 제가 뭐 하나 여쭤봐도 되겠습니까?"

질문?

"주제는 넘으면 안 될 텐데. 뭐가 궁금한데?"

그때까지 내 눈치를 힐끔거리고 있던 라키아는 무척이나 괴상한 질문을 하나 내놓았다.

"혹시 암컷이셨습니까?"

"……뭐 인마?"

이 자식이 주제를 넘는 게 아니라 저승 문턱을 넘으려고 하네?

"네가 오랜만에 왕이랑 스파링을 한판 하고 싶어서 헛소리를 하는구나? 그래, 오늘 우리 둘 중 하나는 암컷이 되는 걸로 하자. 따라 나와, 인마. 불알을 뜯어 줄 테니까!"

내가 몸을 일으키자 놈은 기겁하며 손을 내저었다.

"아뇨! 아뇨! 그게 아니고! 그러니까 저는 혹시나 해서 여쭤본 겁니다! 왕께서는 저희와 생김새가 워낙에 다르시잖습니까!"

"뭔 소리야? 나랑 너희가 생김새 다른 게 하루 이틀 일이냐? 닥치고 불알 갖고 나와라."

"아유! 왕의 냄새가 달라졌단 말입니다!"

뭐? 내 냄새가 달려졌다고?

"3년이나 시간이 지났으니까 그럴 수도 있겠지만, 또 제가 모르는 부분이 있을 수도 있으니까 그렇게 여쭤본 겁니다……."

"내 냄새가 어떻길래?"

"완전히 다른 냄새가 진하게 풍깁니다. 예전에는 맡아 본 적이 없는 느낌! 인간종의 암컷 냄새겠지요."

"그래?"

나는 잠시 생각에 잠겼다.

-으워, 주인. 이거 듣기에 따라서 무척……!

'시끄러워, 쉽덕아.'

-넵.

해청의 헛소리까지 원천 차단한 나는 생각보다 이 사안이 중요한 지점을 건드리고 있다는 것을 알아차렸다.

'사실 나한테 인간 여성의 냄새가 풍기는 것쯤이야 그리 이상한 일도 아니지. 지구로 돌아간 뒤에 내 주변에 여헌터들이 워낙 많았으니까.'

하지만 그 냄새가 내 냄새에 섞여서 수인종 헌터들에게 선명하게 느껴질 정도라는 것은, 상당히 큰 문제였다.

수인종의 본능 때문이었다.

'냄새로 상대를 판단하려고 시도하는 것.'

그렇지 않은 종족도 있긴 하지만 대부분의 수인종 헌터들은 냄새를 아주 중요한 평가 기준으로 삼곤 했다.

강자와 약자의 냄새가 따로 있는 것은 아니겠으나, 본능적으로써 강자의 냄새를 기억해 두곤 했던 것이다.

그러니 나 역시 수인종 헌터들에게 냄새로 기억되는 지점이 분명하게 존재했다.

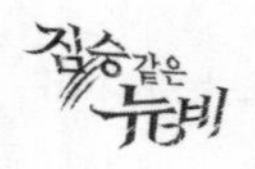

'하지만 영 다른 냄새가 난다면 그 기억을 끄집어내기 어려울 테고…….'

심지어 시차까지 존재했다.

그 사이에 야수계에서는 무려 3년이라는 짧지 않은 시간이 흐른 상태.

결론적으로, 이들에게 나는 '최원호'이되, 옛날의 그 압도적인 강자로는 비춰지지 않을 가능성이 있었다.

수인종들은 무엇보다 힘을 숭상한다.

상대가 자신보다 약자라면 기본적으로 그리 협조하지 않는 것이 당연한 자세였다.

'이거, 생각보다 쉽지 않을 수도 있겠는데?'

나의 이러한 걱정은 곧 현실로 돌아왔다.

"……워뇨? 정말 너인가?"

"허, 네놈이 어째서 다시 여기에? 아무튼 반갑구나. 크하하하하!"

불과 반나절 만에 나타난 케이샤와 하라칼이 나를 향해 성큼성큼 다가왔다.

코가 간질거리는 것을 느낀 그 순간.

"잠깐만. 워뇨, 너……?"

"오호라?"

내 상태를 알아차린 두 수인종의 눈동자들이 나를 향해 스르륵 움직였다.

"이럴 수가, 이럴 수가!"

"너, 약해졌구나? 으하하하하!"

"……."

이 귀신같은 놈들.

이제 어쩐다?

도미르는 레벨 95를 달성한 사자 수인으로서, 이제 막 1군 팀에 편성을 받은 젊은 전사였다.

그렇기에 '최원호'라는 이름을 들었을 때는 어안이 벙벙할 수밖에 없었다.

그는 말 그대로 제왕…….

역사를 기록하는 일이 거의 없는 수인종들이었지만, 그들 사이에서도 최원호는 전설처럼 전해져 내려오는 이름이었다.

'3년 전에 게이트 사태를 완결 짓고 원래 차원으로 돌아가셨다고 들었는데? 어떻게 된 거지?'

어쨌든 그 전설적인 왕을 직접 두 눈으로 볼 기회.

도미르는 오랜만에 네발로 달려서 주둔지의 중심부로 향했다.

하지만 이내 머리 위로 물음표를 띄울 수밖에 없었다.

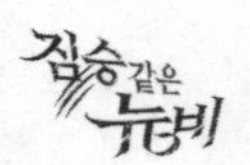

"……레벨이 100이라고? 제기랄. 유감이다, 워뇨."

"크하하하하! 정말 약해졌어! 그게 레벨이 0으로 바뀌는 조각이었다니! 네놈에게 양보하길 백번 잘했어! 프하하하하!"

왕과 함께 전장을 누볐던 늑대 족장과 호랑이 족장.

"야, 닥쳐 봐, 좀!"

"어허! 약한 놈이 어디서 명령을!"

"워뇨가 고작 레벨 100이라니……. 하아……!"

"이런 젠장."

두 수인 사이에 낀 인간의 존재감이 너무나 희미했기 때문이다.

그저 해와 달 사이에 별 하나가 박혀 있는 것처럼 느껴질 정도였다.

'저 인간이 왕이라고? 최원호?'

도저히 믿을 수가 없었던 도미르는 상위 전사들에게 앞뒤 상황을 전해 듣고서야 고개를 끄덕였다.

"3년 전에 게이트 사태를 매듭지은 왕께서는 '거신의 조각'이라는 것을 흡수하셨다. 그런데 그 부작용으로 인해 레벨이 0으로 돌아갔던 모양이야. 허 참."

"여차저차해서 레벨 100까지는 회복하셨는데, 인간계에서는 이제 막 페이즈 2가 시작된 상태라서 그 벽에 가로막혀 있는 상태라나?"

……그런 거였구나.

비교적 베테랑에 속하는 전사들은 최원호를 향해 호승심을 드러내기도 했다.

“족장, 지금 레벨 200 정도 되지 않소? 왕께서 스파링 붙자고 하셔도 해볼 만하지 않나?”

“그러게. 얼마 전에 190을 찍었으니까 한번 붙어 봐도 괜찮겠구먼.”

최원호가 레벨 100이라는 벽에 갇혀 있는 상황이라면 겨뤄볼 만하겠다는 계산.

그러나 라키아는 고개를 저었다.

“실전은 달라. 왕께서는 특히 자비가 없으시고.”

“에? 아니, 스파링에 무슨 실전이오?”

“이런 멍청한 놈들. 왕께서는 ‘게이트’라는 실전을 수천 번 겪으신 분이라고! 내가 레벨 200을 넘었다면 또 모를까, 감히 상대할 수 있는 분이 아니야……!”

라키아는 싸움은 레벨로만 하는 것이 아니라는 사실을 잘 알고 있었다.

이미 게이트가 사라진 시대다.

현 세대의 수인종 헌터들은 제아무리 레벨을 갖췄더라도 최원호를 감당할 수 없을 것이다.

“우리 세계에 지붕을 씌워 주셨고…… 그와 함께 천장을 만들어서, 더 이상 헌터들이 자라지 못하게 만든 분이기도 하시다. 게이트가 사라졌으니까 말이야.”

"……."

"……."

사자는 씁쓸하게 웃었고, 젊은 전사들은 서로 시선을 교환했다.

'가만, 그럼 게이트가 있었던 시대의 헌터가 레벨 200을 넘었다면?'

'오, 그럼 왕을 제칠 수도 있는 건가?'

'그렇게 되면 왕이 바뀌나요……?'

그렇게 족장의 말을 반대로 읽어 낸 전사들이 눈을 빛낸 그 순간.

쿵-!

두 주먹을 마주 때리며 거대한 마력 파동을 만들어 낸 암호랑이 수인.

"크흐, 이런 기회가 올 줄은 몰랐는데?"

주둥이를 씩 말아 올리며 웃음을 지은 하라칼은 최원호를 향해서 성큼성큼 걸어 나왔다.

"잠깐. 하라칼, 너 정말로 싸울 셈이냐?"

"그럼! 당연하지 않나? 난 늘 저 녀석을 넘어서고 싶었다고. 전성기였다면 좋았겠지만…… 뭐, 아니어도 상관은 없지. 놈이 '워뇨'라는 사실은 달라지지 않으니까!"

"하지만……!"

"비켜라!"

케이샤가 우려를 표했지만 하라칼은 들은 척도 하지 않았다.

최원호는 그저 말없이 서 있었다.

"……."

"워뇨, 스파링이다. 왕좌를 걸어라. 만약 네가 승리한다면 네가 원하는 대로 해 주마. 차원을 넘어서 병력을 파견하고, 나 역시 전력으로 싸워 주겠다. 하지만 내가 승리한다면……."

답은 정해져 있었다.

"흐흐, 넌 아무것도 얻지 못한다. 빈손으로 돌아가야겠지. 패자에게 나눠 줄 신선한 고깃덩어리는 없다는 것, 너도 받아들일 때가 왔다."

앞서 라키아가 최원호에게 덩치 큰 고양이에 불과했다면…….

'하라칼은 확실히 맹수라고 할 수 있지.'

단일 개체로서는 케이샤를 뛰어넘어 최강자라고 할 수 있을 만한, 베테랑 중의 베테랑.

여전히 그녀가 왕으로 불리지 않는 것은 최원호의 존재 때문이었다.

어쩌면 오늘 그것이 뒤바뀔지도 모른다.

생각하던 최원호가 입을 열었다.

"3년 사이에 레벨 업은?"

"한 단계 올랐다."

"그래? 한 단계 올랐다면 280?"

"……279. 네 전성기에 비하면 여전히 모자라지만, 지금의 너를 상대하기엔 부족함이 없을 것이다."

"흠."

하라칼이 '전성기'라고 이야기하는 그 시기.

최원호의 레벨은 296이었다.

당시의 하라칼은 최원호에게 레벨은 물론이고, 전투 센스와 마법 숙련도까지 열세를 면치 못했다.

"……이제 다른 건 몰라도 레벨만큼은 압도할 수 있게 됐군. 자, 힘으로 찍어 눌러 주마. 불만 있으면 옛날 레벨을 가지고 와라, 워뇨."

암호랑이는 대결 자세를 취했고, 사자들이 주변에 보호 마법을 걸며 둥글게 물러섰다.

스파링 장소까지 만들어진 것이다.

"결국 이렇게 됐군."

-어떡할 거야? 주인?

"이제 와서 뺄 순 없잖아?"

-하지만!

"……."

최원호는 말없이 걸음을 옮겼다.

물론 고민스러웠다.

'정면 대결에서 레벨 100이 279를 이길 방법이 있던가?'

없다.

단언컨대 불가능한 일이었다.

경험적으로 헤아려 보자면 네 사람이 있어야 한 사람을 상대할 수 있는 격차였다.

뭘 하더라도 계란으로 바위치기에 불과한 상황이었다.

'그럼 정면 대결을 피해야 한다는 건데…….'

이건 그리 좋은 선택이 아니었다.

지금 최원호에게는 지구를 위해 하라칼과 케이샤의 도움이 필요했다.

수인종 헌터들을 지구를 구할 지원군으로 섭외하기 위해서 온 입장.

그저 이기기 위해 꼼수를 쓰는 것은 하책이었다.

'이 녀석들에게 내가 여전히 왕이라는 사실을 보여 줘야 해. 그래야 확실하게 도움을 받을 수 있어.'

길은 오로지 정면 대결밖에 없다.

그렇다면…….

"네 말대로 옛날 레벨을 가지고 오는 것밖에 방법이 없겠네."

"……?"

"잠깐, 그전에 하나만. 케이샤, 너도 나에게 도전할 거냐? 하라칼과 마찬가지로?"

최원호의 질문에 늑대 수인은 잠시 생각하다가 고개를 저었다.

"아니, 나는 네게 도전하지 않겠다. 하라칼과 의지를 함께 할 것이다."

"좋아. 그럼 두 번 싸울 '시간'을 만들 필요는 없겠네."

"시간?"

그 순간, 최원호에게서 낯선 힘이 터져 나왔다.

[알림 : 히든 스탯 '신성'이 반응합니다.]

[안내 : 지구-677 '야수계'에 임시 게이트 영역이 조성됩니다.]

게이트를 조정하는 미증유의 힘.

모두에게 시스템 메시지가 떠올랐다.

3년 전, END급 게이트가 사라진 이후로는 이 세계에서 보지 못했던 이적.

[정보 : 임시 게이트의 소속 차원은 지구-677 '야수계'입니다.]

[알림 : 임시 게이트 '거대 얼룩 고양이의 참교육 현장'에 입장했습니다.]

그리고 최원호에게는 힘이 돌아오고 있었다.

[알림 : 지구-677 '야수계'에 소속된 게이트에 입장한 것이 확인되었습니다.]

[알림 : 지구-677 '야수계'에서 이루었던 업적이 일시적으로 복구됩니다!]

'……됐네.'

일시 업적 복구.

최원호가 의도했던 그대로 정확히 이루어진 절차였다.

"모두 피해라!"

케이샤가 벼락처럼 고함을 내지르자 모든 수인종들이 몸을 날렸다.

3년 전을 기점으로 야수계에서는 게이트가 사라졌고 더 이상 사생결단으로 몬스터를 사냥할 일 또한 사라졌지만…….

차원 역류의 여파로 생겨난 몬스터들의 번식과 자생은 아직 완전히 해결되지 않은 문제였다.

그런 탓에 수인종 헌터들은 여전히 현역으로 활동하는 중이었다.

그랬기에 최원호가 떠난 후 총지휘관을 맡고 있는 케이샤의 명령이 떨어지자마자 지체 없이 몸을 던졌다.

하지만 늦었다.

그오오오오오오------!

귀곡성이 대기를 찢어 가르며 지상으로 내리꽂혔다.

그리고 감히 막아 낼 수 없는 충격이 모두의 몸을 후려쳤다.

분명 폭격의 근원지는 하나였고.

원점에서 시작된 힘의 파동 또한 일정한 방향성을 그리며 수인들에게 몰아닥쳤건만…….

"그에에엑!"

"으읍!"

가히 폭행에 가까운 압력이 모든 방향에서 그들을 쥐어짰다.

보이지 않는 힘에 앞뒤의 급소를 한꺼번에 얻어맞은 어린 사자들은 토사물을 게워 냈다.

그리고 농장 전체에 일대 소란이 일어났다.

끼야아아악!

아루루루루루루!

몸부림치는 날짐승들의 울음소리.

라키아는 황급히 뒤를 돌아보았다.

'설마 그리폰들이……?'

그의 우려는 현실이 되어 돌아왔다.

쇠사슬로 단단히 결박되어 있는 데다 잘 훈련되어 어지간한 일에는 눈 하나도 깜빡하지 않는 그리폰들.

그런데 놈들이 일제히 날아오르고 있었다.

생명의 위협을 느낀 그리폰들이 혼신의 힘을 다해 쇠사슬을 부수고 하늘을 향해 날아오른 것이었다.

농장의 상공은 삽시간에 거대한 새떼로 뒤덮였다.

“아…….”

“망했군…….”

“허어어.”

백금색 갈기털이 마구잡이로 휘날리는 가운데, 사자 수인들은 깊이 탄식할 수밖에 없었다.

그러는 사이에 케이샤는 아공간 주머니에서 아티팩트 하나를 꺼내 들고 있었다.

타조의 것만큼이나 큼직한 타원형의 알.

콰직!

케이샤는 즉시 알을 박살내는 것과 함께 한계점까지 힘을 투입했다.

[권능 : ‘평화주의자 팔색조의 영역’.]

츠츠츠츠츠―!

권능이 시작되자 발밑으로 강력한 역장(力場)이 형성되기 시작했다.

이는 앞서 사자들이 펼쳐 두었던 보호 마법과 비슷하게,

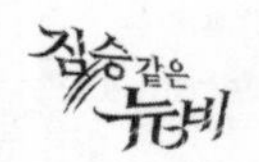

몰아치는 힘을 가두어서 안전 구역을 만드는 보호류 권능이었다.

다만 다른 것이 있다면 전투 마법을 특기로 하는 흰 뱀 마법사들의 권능을 알의 형태로 저장했기에 효과가 월등하고 그만큼 값비싸고 효율이 떨어지는 소모성 기술이라는 것.

하지만 지금은 아낄 때가 아니었다.

케이샤는 눈앞에서 벌어지는 광경을 보며 헛웃음을 지었다.

"여길 다 때려 부술 셈인가."

땅거죽이 뒤집히고 흐르던 공기가 붙잡혔다가 별안간 힘에 뒤엉켜서 폭풍으로 변모했다.

제대로 된 전투 구획이 만들어지자 두 헌터는 마치 판이 깔렸다는 것처럼 본격적으로 맞붙고 있었다.

첫 일격 이후, 격렬한 탐색전을 벌이다가 떨어져 나온 하라칼이 입을 열었다.

"워뇨! 어떻게 된 거냐! 갑자기 달라지다니? 임시 게이트라고? 이 메시지는 또 뭐냐!"

"……."

"그래! 싸움에 말은 필요 없지! 긴 말 없이 자웅을 겨루어 보자! 크하하하하하!"

[권능 : '산중왕의 백수만권'.]

암호랑이 하라칼은 가장 뛰어난 암살자인 동시에 위대한 격투가였다.

그녀가 대호로서 타고 난 힘을 일순하자 오른팔이 거대하게 부풀며 공간을 가득 메웠다.

동시에 만들어지는 수천 갈래의 투로(鬪路).

마치 살아 움직이는 독사들의 머리를 한없이 엮어 둔 것처럼.

치명적이면서 예측할 수도 없는 무기가 상대에게 겨누어졌다.

하지만 최원호는 말없이 발걸음을 내디뎠다.

몰아닥치는 해일 한복판으로.

놀랍도록 그 해일에 옷깃 하나 젖지 않으며.

쏟아지는 하라칼의 공격을 모조리 받아 내며 전진하고 있었다.

"……뭐야?"

"저런 미친."

"허, 정말 괴물이로구나……."

지켜보던 수인들이 모두 입을 쩍 벌렸다.

인간은 모조리 받아 내고, 쳐 내고, 흘려 내고 있었다.

"……."

수천 개의 투로가 얽혀 온다면, 이쪽에서는 수천 개의 방어책을 가지고 있으면 될 일이라는 듯이.

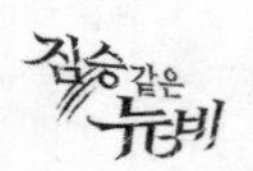

최원호는 말없이 모든 공격을 무효화시키면서 앞으로 나아가고 있었다.

"뭐, 뭐야? 이런 게 된다고?"

그것이 너무나 간단한 작업처럼 보일 지경이라서 하라칼마저 경악성을 내고 있었다.

"……."

여전히 침묵을 지키는 최원호.

그로부터 다시 한번 권능이 전개되기 시작했다.

앞서 사용했던 그 권능이었다.

'간만에 쓰려니 감각이 좀 무디네. 그래도 두 번째는 맞출 수 있겠지.'

아까는 영점이 제대로 잡히지 않았었다.

[권능 : '철혈 수인의 지팡이'.]

보이지 않는 포문이 재차 열렸다.

아득한 상공에서 목표물을 겨누며 응집되기 시작한 파괴력.

"이런."

하라칼은 이번에야말로 권능의 조준점이 제대로 잡혔음을 감지했다.

맞으면 반드시 녹는다.

그렇기에 그녀의 선택은 후퇴였다.

[권능 : '산중왕의 제운거행'.]

구름을 누르고 달리는 신법.

일단 공격의 사정거리에서 벗어난 뒤, 어떻게든 최원호를 두들겨서 권능을 취소시키겠다는 생각이었다.

그러나 최원호는 하라칼의 움직임을 완벽하게 예상하고 있었다.

타고난 신체 능력을 이용해서 도망치는 상대에 대한 대응법.

"해청, 간다."

-어? 우에에엣……!

그저 칼자루에 손바닥이 살짝 스친 것처럼 보였다.

그러나 해청의 칼날은 한 줄기의 광선으로 화하여 쏘아졌다.

콰직!

"헛!"

하라칼의 발등을 뚫고 박히면서 수인의 움직임을 고스란히 묶어 버렸다.

그리고 다음 순간.

그오오오오오------!

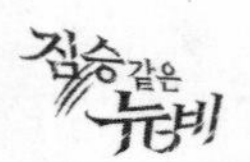

두 번째 포격이 떨어졌다.

더욱 날카로운 굉음을 일으키며 떨어져 내린 파괴력은 바로 하라칼의 머리 위를 향했다.

마치 그녀의 호피를 다 녹여 버릴 듯이 일말의 자비도 없는 충격파가 내리꽂혔다.

콰아아아아앙!

성공한 포격은 딱 한차례만으로 충분했다.

"이런 빌어먹을. 그래, 내가 졌다, 졌어!"

치이이이익…….

머리통에서 매캐한 연기를 피워 올리며 하라칼은 털썩 주저앉았다.

암호랑이는 최원호를 향해 멍하니 중얼거렸다.

"대체 뭐야? 어떻게 한 거냐? 날 갖고 놀고 싶었던 거냐?"

세로로 찢어진 동공은 도저히 납득이 되지 않는다는 듯이 흔들리고 있었다.

"……."

하지만 그 질문에도 인간은 대답하지 않았다.

최원호는 잠시 다른 곳으로 시선을 보내는 중이었다.

〈스테이터스〉

[최원호]

레벨 : 296

칭호 : 전쟁의 종결자, 용살자, 야수의 왕, 천재 책략가, 대마법사, 무결점 전투원, 소드마스터, 정령왕의 대적자, 거인종 사냥꾼, 죽음을 위배하는 자…….

'오랜만이네.'

그는 잠시 스테이터스를 열어 야수계에서 이루었던 옛 업적을 훑어보고 있었다.

하나하나에 옛 기억들이 묻어 있는 주옥같은 칭호들이었다.

하지만 지나간 옛 일이다.

지구에서는 적용되지 않는 업적들이었다.

"자, 다들 봤지?"

단숨에 미련을 털어 낸 최원호는 수인종들을 향해 돌아섰다.

"내가 이겼네? 혹시 또 덤빌 짐승 있나? 있으면 지금 나와. 다른 기술로 녹여 줄 테니까."

"……."

"……."

있을 리가 없다.

현존하는 수인종 헌터들 중에서 가장 강하다고 알려진 하라칼이다.

그런 그녀가 압도적으로 짓눌리는 것을 바로 코앞에서 봤

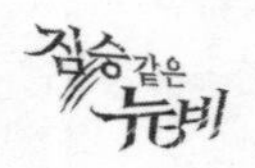

는데, 다음 타자로 나설 수 있을 만큼 무모한 수인은 이곳에 없었다.

"흠, 없는 것 같군."

소기의 목적을 달성한 최원호는 만족스럽게 고개를 끄덕였다.

그리고 신성을 이용해서 만들었던 '임시 게이트 영역'을 거두어들였다.

[알림 : 임시 게이트 '거대 얼룩 고양이의 참교육 현장'이 해제되었습니다.]

동시에 최원호의 기세가 거짓말처럼 가라앉았다.

"뭐지……?"

라키아를 비롯한 사자들은 무슨 일이 벌어졌는지 제대로 이해하지 못하고 얼떨떨한 표정을 짓고 있었다.

만신창이가 된 하라칼 역시 마찬가지.

뭔가를 알아차린 것은 한 사람뿐이었다.

"워뇨."

사자들 사이에서 케이샤가 뚜벅뚜벅 걸어 나왔다.

늑대 여족장은 주저앉은 하라칼과 최원호를 잠시 번갈아 바라보았다.

그러다 그녀는 입을 열었다.

"방금 그 '임시 게이트'라는 것. 네가 만든 것이냐?"

그리 크게 다치진 않았겠지만, 하라칼은 치료를 위해 옮겨졌다.

그리고 나는 케이샤와 마주 앉았다.

녀석은 뭔가를 눈치챈 듯했다.

-칫, 이래서 눈치 빠른 꼬맹이는……!

'조용. 언제 적 유행어를.'

해청에게 주의를 준 나는 가만히 케이샤를 바라보았다.

그사이 야수계에서는 3년이나 시간이 흘렀다고 했다.

그런 탓일까.

"케이샤, 너 좀 늙었구나? 콧잔등에 주름이 좀 더 생겼어."

"그런가? 하긴 그럴 수밖에 없겠군. 요즘 나는 마력을 거의 사용하지 않는다. 전부 나누어 주고 있어."

"……설마 '상속'?"

"그래. 그럴 때가 됐으니까. 이제 나의 시간은 새끼들을 위한 시간으로 변화하고 있다."

나는 입을 다물었다.

마력 각성자는 노화 지연 효과를 누릴 수 있는데, 이는 마력을 직접 사용해야 유효한 것이다.

하지만 야수계의 수인들은 적당한 시기가 되면 후손들에게 자신의 힘을 나누어 불어 넣어 주는, 이른바 '힘의 상속'을 진행한다.

마치 지구의 인간들이 자식들에게 재산을 물려주듯, 가지고 있는 힘의 원천을 조금씩 넘겨주는 행위였다.

즉, 케이샤는 어린 늑대들을 위해 천천히 죽음을 향해 가고 있었다.

나는 한숨을 내쉬었다.

"기분이 묘하군. 네가 엄마가 됐다니."

"너는 내 어머니가 나에게 힘을 물려주는 것도 목격하지 않았나?"

"그건 그렇지."

사실 힘의 상속은 내가 이 세계에서 지내는 동안, 숱하게 보았던 사건이기도 했다.

하지만 케이샤의 어미였던 루미샤와는 그리 친하지 않았다. 그녀는 인간종 몬스터들에게 큰 부상을 입었기에 나를 그리 좋아하지 않았었다.

"……어쨌거나 내 상속은 그리 특별한 일은 아니다. 그보다는 네게 일어난 일에 대해 이야기해야 한다."

자신의 이야기를 순식간에 매듭짓고, 케이샤는 나를 향해 의문을 드러냈다.

"워뇨, 네게 있었던 일을 말해 다오. 하라칼이 패배했으니 나는 네가 원하는 대로 도울 것이다. 하지만 그전에 상황을 정확히 이해해야 한다. 내가 본 바에 따르면 그 '임시 게이트'라는 것은……."

"그래, 내가 만든 거였어."

나는 고개를 끄덕였다.

설명이 시작되었다.

이 야수계에서 '거신의 조각'을 흡수한 뒤, 지구로 돌아가서 내가 겪었던 일들에 대한 이야기.

심지어 레벨이 초기화되기도 했다는 말에 늑대의 파란 눈동자가 깊게 가라앉았다.

"흐음, 뭔가 많은 일이 있었구나. 차원 통로? 신인류? 솔직히 그리 이해가 쉽게 되지는 않는다."

"그래, 그렇겠지."

나는 고개를 끄덕였다.

하지만 한 가지는 분명했다.

"너희가 양보해서 내가 흡수한 '거신의 조각'은 게이트 현상을 조작할 수 있는 신의 힘이었어. 그걸 이용해서 잠깐이지만 예전의 힘을 회복할 수 있었던 거고."

"놀랍구나. 심지어 우리 세계에서는 이미 게이트가 완전히 사라졌는데도, 마치 '게이트처럼 작용하는 영역'을 만들다니."

"그래, 나도 이 힘의 한계를 잘 모르겠어."

내가 잠시나마 옛 힘을 사용할 수 있었던 비결.

그건 '임시 게이트 영역'이라는 틈을 만들어, 헌터의 자격 증명이 이루어지는 프로세스에 개입한 것이었다.

"몬스터와 헌터는 사실 한 끗 차이의 존재거든."

"흠……."

케이샤는 알 듯 말 듯한 표정을 짓고 있었다.

일단 이엘린이나 자하르가 지구 세계에 소속을 옮기면서 헌터 자격을 회복한 것과 마찬가지로, 나 또한 야수계에 소속을 또 옮겨 둔다면 예전의 자격을 되찾을 수 있을 것이라고 판단했다.

하지만 야수계에서는 이미 모든 게이트가 폐쇄되었으므로 내가 파괴할 디멘션 하트는 전혀 남아 있지 않았다.

그러니 그들과 같은 방식으로 소속 차원을 옮기는 것은 불가능한 상황.

나는 여기서 새로운 발상을 떠올렸다.

'시스템이 헌터의 자격을 확인하는 과정이라면 게이트에 출입하는 상황에서도 비슷하게 진행되니까, 임시로나마 게이트를 만들어서 들어가는 형식을 취하면 어떨까?'

그러면 예전의 내 자격을 일시적으로 되찾을 수 있지 않을까?

가설을 세운 나는 자문자답할 수 있었다.

'이건 된다.'

신성을 쥔 주인으로서 내 계획이 그대로 작동하리라는 것을 어렵잖게 예측할 수 있었다.

"그렇다면……."

잠시 생각에 빠져 있던 케이샤가 제 나름의 결론을 내렸다.

"너는 게이트와 게이트 헌터들, 차원 간의 연결에 개입할 수 있는…… '신적인 존재'로 나아가고 있는 것이냐? 워뇨, 네가 그 '거신'의 후계자인가?"

지금은 사라진 거대한 신, 영원.

'내가 그의 후계자인가?'

야수계에서 모든 게이트를 닫고 그가 남긴 한 조각을 흡수했으니 이제 뒤를 잇게 되는 걸까?

이는 나 또한 의아스러운 부분이었고, 누군가로부터 대답을 듣고 싶은 부분이었다.

'하지만 누가 답을 줄 수 있을까.'

차원 통로를 이용해서 다른 세계를 침범하려는 신인류.

하나의 팀으로서 전략적으로 키워졌지만 이제는 사분오열이 되어 버린 결사단.

게이트를 없애고 지구에서 악마종을 몰아내기 위해서 이들을 키워냈으나 본질적으로는 방관자에 가까운 여신까지.

장담하건대 지금 내가 품고 있는 거신의 조각에 대해서는, 그 누구도 제대로 된 답을 내어놓을 수 없을 것이다.

'오히려 게이트에 갇혀 거짓 사명을 수행하는 보스 몬스터들이 나에게 많은 것을 알려 줬지…….'

그만큼 단서가 없는 상황.

어쩌면 신인류의 계외자들이야말로 뭔가 알고 있을지도 모른다.

젠장.

"……."

"아무래도 괜한 질문을 한 모양이구나, 워뇨."

내가 가만히 침묵하자 케이샤가 옆통수를 긁적이며 중얼거렸다.

나는 피식 웃었다.

"아냐, 중요한 질문이지."

여기서 케이샤에게 거신의 조각에 대해 어떤 명확한 대답을 할 수는 없겠지만.

가만히 머리를 굴려 보자면 유추할 수 있는 부분들이 몇 가지 있기도 했다.

거신의 후계자?

"……어쩌면 내가 그 후보 중 하나일 수는 있겠지만, 적어도 '유일한 후계자'는 아니라는 것이 내 생각이야."

"그래? 어째서 그렇게 생각하는가?"

이유라면 간단하다.

"케이샤, 생각해 봐. '거신의 조각'은 게이트 사태의 종결자에게 주어지는 보상이지. 그런데 이건 다른 세계에서도 충분히 나올 수 있잖아."

"흐음."

"물론 쉽지는 않겠지만, 우리처럼 게이트 폐쇄에 집중해서 결국 성공을 거두는 다른 세계들도 분명 있을 거야. 당연히."

"음, 그렇기 때문에 거신의 조각을 가진 다른 종결자도 있을 것이다……?"

"맞아, 그거지. 분명히 나 말고도 거신의 조각을 가지고 있는 놈들이 있을 거라고. 그러니까 내가 유일한 후계자라고 볼 수는 없다는 말, 이해했냐?"

"그렇군. 알아들었다. 확실히 일리가 있다."

케이샤가 고개를 끄덕였고, 나 또한 고개를 끄덕였다.

그러다가 우리는 동시에 웃음을 터트렸다.

"크크크……."

"프흐흐흐, 왜 웃는 거냐?"

"모르겠다. 워뇨, 너를 보니 그냥 웃음이 난다. 아마 웃기게 생겨서 그런 것이 아닐까. 크하하하!"

"뭐? 이 못생긴 강아지가."

케이샤에게 그렇게 쏘아붙이면서도 나 역시 실실 웃음을

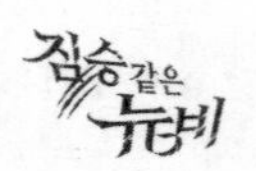

짓고 있었다.

오랜만에 이 털북숭이와 앉아 있으려니 괜히 즐거운 기분이었다.

머릿속에서 새록새록 떠오르는 옛 기억들 때문인가 보다.

콧물을 줄줄 흘리면서도 이 녀석들과 함께 게이트를 공략하고 다니던 그 시절.

힘들었지만 분명한 목표와 믿음직한 동료들이 있어서 즐거웠던 시기.

비록 내가 원해서 온 세계는 아니었지만, 야수계는 나에게 또 다른 고향과도 같았다.

"……케이샤, 우리 세계를 도와줘. 곧 거대한 전쟁이 벌어질 거야."

그리고 나는 그 인연을 빌어서 도움을 요청할 생각이었다.

"차원을 가리지 않고 수많은 헌터들이 죽어 나가겠지. 어쩌면 이 세계 또한 다시 전란에 휩쓸릴지도 몰라. 그러니까 지원군을 편성해서……."

내가 아는 수인종 헌터들은 거칠지만 따뜻한 놈들이었다.

그러니 분명 도와줄 거라고 생각했다.

하지만…….

"미안하지만 말을 바꿔야겠다. 워뇨, 나는 네가 원하는 대로 해 줄 수 없다."

"응?"

뜻밖에도 케이샤는 나에게 거절을 통보했다.

그리폰 농장에서 하룻밤을 묵으며 생각을 정리한 뒤, 나는 지구로 돌아가기 위해서 길을 나섰다.

일본인 헌터들이 개설한 이 차원 통로는 출구와 입구가 하나로 합쳐진 단순 형태였기에, 지구로 돌아가기 위해서는 도착했던 곳으로 돌아가야만 했다.

농장 밖으로 나선 그때.

"워뇨! 워뇨!"

"왕이시여!"

뒤를 돌아보니 하라칼과 라키아가 나를 향해 달려오고 있었다.

"……뭐야?"

이종 간의 사이가 썩 좋지 않은 고양잇과 헌터들이다.

그런데 두 놈은 한 몸처럼 찰싹 달라붙어서 나를 향해 달려오더니 이렇게 소리치는 것이었다.

"인마! 갑자기 어딜 가는 거야!"

"어제 오시더니 오늘 가시는 법이 어디 있습니까!"

집에 가지 말라는 건가.

나는 조용히 웃었다.

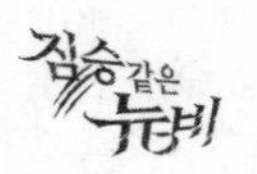

"뭔 소리야? 당연히 나는 지구로 돌아가야지."

"이틀만 더 있다가 가십쇼! 모든 수인들이 왕의 존안을 뵙고 싶어 합니다! 그 정도는 되는 것 아닙니까!"

"안 돼. 난 지원군을 요청하고 싶어서 왔는데, 결국 실패했으니 빨리 제자리로 돌아가야지 않겠냐? 그리고 너흰 나 없어도 잘 살잖아? 지구인들은 아니거든."

"하지만 왕이시여!"

"시끄러, 인마. 어디 왕한테 이래라 저래라야? 대가리 한 번 박을래?"

"……."

엄밀히 말하자면 수인종들에게 나는 옛 시대의 유물에 불과했다.

이들 또한 내일을 준비해야 한다.

'케이샤가 지적한 것처럼 말이지.'

어젯밤, 그 녀석은 완벽한 논리로 나의 지원 요청을 거절했다.

—워뇨, 너 이외에도 '거신의 조각'을 가진 누군가가 있으며, 너와 같이 게이트를 다루는 힘을 사용할 수 있다면…… 우리 수인들은 다시 전쟁을 준비해야 한다.

—그래! 그러니까 지원군을!

—아니, 너희 세계로 보낼 지원군이 아니라, 정규군을 다

시 육성해야 할 상황이라는 것이다. 네가 이 세계로 돌아온 것처럼, 또 다른 누군가가 우리 세계로 침입할 수도 있는 것 아니냐.

—그건…….

—안타깝게도 게이트 사태가 마무리되고 지난 3년 동안, 우리 헌터들은 거의 발전하지 못했다. 오히려 퇴보했지. 재정비가 시급한 상황이다. 만약 그래도 네가 파병을 요청한다면, 나는 '개인 지원자'를 받아서 편성하겠다. 하지만 그 이상으론 불가하다.

—……개인의 자유에 맡기겠다?

—그렇다. 왕이었던 너를 추종하는 놈들은 당연히 있을 테고, 내가 그놈들의 자유 의지까지 거스를 수는 없다. 하지만 다른 지원은 없다. 이게 나의 뜻이다.

가만히 생각해 보니 구구절절 맞는 말이었다.

야수계 또한 타계로부터 침략당할 수 있는 상황에서 지구로 지원군을 보내는 것은 어불성설이었다.

그래서 나는 그대로 수긍했다.

개인적으로 지원하는 수인종 헌터들을 뽑아서 데리고 가는 것?

'젠장, 나도 염치란 게 있는데 그럴 수는 없지.'

뭐, 그렇게 된 상황이었다.

나는 깔끔하게 포기하고 지구로 돌아갈 생각이었다.

하지만 고양이 놈들이 날 붙들고 늘어지기 시작했다.

"왕이시여, 이야기는 들었습니다! 저희 일족이 가겠습니다!"

"나도 마찬가지다! 워뇨! 내가 패배했으니 네 뜻에 따르는 것이 당연하다!"

"아니, 둘 다 됐어."

"어째서입니까! 저희의 충심을 받아 주십시오!"

"사자 놈들은 데리고 가지 않더라도, 나는 데려가야 한다! 날 한 입으로 두 말 하는 호랑이로 만들 셈이냐! 워뇨!"

"한 입으로 두 말 하는 호랑이가 되면 좀 어때. 뭐 곶감 든 사냥꾼이 쫓아오기라도 하냐? 저리 비켜. 집에 갈 거니까."

나는 손을 휘휘 내저었다.

"……."

"……."

잠시 침묵하던 암호랑이와 숫사자는 재빨리 내 앞을 가로막았다.

그리고 어딘가를 향해 손짓했다.

상공으로부터 다가오는 선명한 존재감이 느껴졌다.

나는 눈살을 찌푸렸다.

"설마 너희 그새 지원자를 모집한 건 아니겠지?"

"크흠."

"그게……."

"하, 이 새끼들이 진짜……. 너희, 아무리 그래도 안 받아 줄 거니까 그렇게 알아. 알겠어? 알겠냐고!"

내가 분명하게 거절의 뜻을 표했음에도 놈들은 그리폰을 타고 나타났다.

세 마리의 새로운 수인종들.

"……왕을 뵙습니다."

조금 작은 덩치의 수컷 늑대.

"워뇨 님! 오랜만입니다! 저를 기억하십니까?"

새하얀 털을 자랑하는 어린 암컷 호랑이.

"오, 세상에! 정말로 왕이 귀환하셨잖아."

그리고 분홍색 혀를 날름거리는 새빨간 뱀 수인이었다.

모두 아는 얼굴들이었다.

"기파로, 마네란, 고르시그. 오랜만이군. 여긴 왜 왔냐?"

그러자 놈들은 각자의 이유를 대기 시작했다.

"왕께서 돌아오셨다는데 어찌 가만히 있을 수 있겠습니까? 경배를 받으소서."

"워뇨 님이 제 어머니를 탈탈 털어 버리셨다면서요? 캬, 그걸 봤어야 하는 건데!"

"제게 차원 간의 연결에 대해 알려 주십시오. 그러면 저희가 지구로 넘어가서 전쟁을 돕겠습니다, 왕이시여."

"……하."

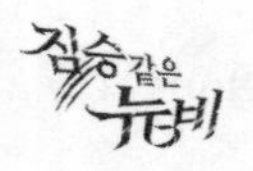

얘들이 했던 말을 또 하게 만드네.

"필요 없다니까!"

이것들은 도대체 왜 부른 거야?

"케이샤, 워뇨가 떠났다."

"음."

농장으로 돌아온 하라칼의 말에 케이샤는 말없이 고개를 끄덕였다.

그가 떠난 방향을 돌아보던 호랑이가 한숨을 내쉬었다.

"워뇨의 표정이 좋지 않더군. 케이샤, 지원군을 적당히 추려서 보낼 수도 있었을 텐데 약속을 어기면서까지 거절한 이유가 뭐냐?"

"말 그대로 전쟁에 대비하기 위해서다. 워뇨가 말한 것이 모두 사실이라면, 우리도 그리 안전하지 않다."

"하지만 그래도 일부는……."

"아니, 만약의 상황은 없다. 하라칼, 우린 헌터로서 항상 준비되어 있어야 한다. 벌써 잊었나? 설마 평화에 취한 것인가?"

"……."

너무나 단호한 목소리에 하라칼은 아무런 말도 하지 못

했다.

최원호가 지구로 돌아간 뒤, 케이샤는 실질적인 총지휘관의 자리에 올랐다.

그러나 '힘의 상속'을 시작한 그녀는 하루가 다르게 약해지고 있었고, 그런 까닭에 야수계의 안위를 더욱 간절하게 생각하고 있는 것일지도 몰랐다.

하지만 케이샤가 최원호의 요청을 완전히 묵살한 것은 아니었다.

"……아이들은?"

"워뇨를 따라갔지. 일단 차원 통로까지 동행하면서 설득을 시도할 거다. 적어도 한 놈은 워뇨가 데리고 가지 않겠나."

"그랬으면 좋겠군."

수컷 늑대 '기파로'는 케이샤의 먼 친척으로서 완벽한 암살자로 손꼽히는 개체.

암컷 백호 '마네란'은 하라칼의 수양딸이자 격투술을 물려받은 적통 제자이며…….

붉은 뱀 '고르시그'는 베테랑 전쟁 마법사였다.

"부디 도움이 되어야 할 텐데."

케이샤는 복잡한 감정을 느끼며 한숨을 푹 내쉬었다.

그녀는 누구보다 최원호를 돕고 싶었다.

하지만 옛 친구의 이야기를 들으면 들을수록 그럴 수가 없다는 결론에 도달했다.

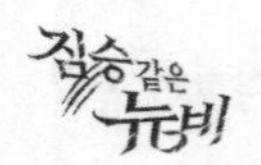

그래서 타협점을 찾은 것이다.

'정식 지원군은 내어줄 수 없지만, 요긴하게 써먹을 수 있는 전력.'

긴 고심 끝에 내린 어려운 결단이었고, 이제는 최원호가 그것을 받아들일 순서였다.

"하지만 케이샤, 그 녀석도 너만큼이나 야수계를 소중하게 생각하고 있을 거야. 어쩌면 정말 빈손으로 돌아갈지도 모르지."

"흠……."

두 수인종 헌터는 복잡한 감정 속에서 한숨을 내쉬었다.

그리고 그날 저녁.

차원 통로를 향해 숲길을 되짚어 가던 최원호는 수인종들과 모닥불을 피워 놓고 앉아 있었다.

"오호! 디멘션 하트에 그런 기능이 숨겨져 있었단 말입니까? 그러니까 '연결'의 근원적인 역할을 한단 말이죠? 흥미롭군요."

"나도 그랬어. 그 백작이라는 놈이 악마궁에서 만들어 놓은 걸 봤을 땐 어처구니가 없더라고. 야, 너희는 자라. 어차피 알아듣지도 못하는 이야기에 집중하는 척하지 말고."

"크흠."

"헛, 들켰네요."

"이 고르시그는 다릅니다! 최근 들었던 마법적 담론 중에 가장 흥미로운 이야기입니다! 좀 더 부탁드리겠습니다, 왕이시여!"

"그래, 뭐. 근데 너무 흥분하진 말고. 나도 100%를 아는 건 아니라서."

나무 그루터기에 걸터앉은 최원호는 차원 연결에 대해 이런저런 이야기를 수인종들에게 들려주었다.

"그러니까 차원 간의 연결은 그 세계의 수호자가 펼쳐 둔 마력장을 바이패스하는 것이 우선시되는데……."

여기서 나눈 대화가 어떤 형태로 돌아오게 될지는 전혀 생각지도 못한 채.

"자, 어때? 알겠냐?"

"크윽, 어렵습니다."

"당연히 어렵지. 쉬우면 다들 차원 통로 열어서 놀러 다녔겠지!"

"죄송하지만 한 번 더 설명해 주십시오."

"하여간 마법사들이란……. 마지막이니까 잘 들어. 우선 다수의 디멘션 하트를 응집하면 '순수 마력'이 한 점으로 집중되고……."

그저 지구로 돌아갈 생각으로 피식피식 웃고 있을 뿐이었다.

나는 차원 통로 앞에 섰다.

[알림 : 현재 차원 통로의 남은 유효 기간은 22분 31초…….]

[안내 : 마력을 공급하여 유효 기간을 연장할 수 있습니다.]

'딱 맞춰서 왔군.'

광활한 야수계에서 시간을 허비하고도 지원군을 얻겠다는 목표는 이루지 못했지만, 나에게 소득이 전혀 없는 것은 아니었다.

—워뇨, 이걸 가져가.

—이건……?

—오랑우탄들이 널 위해서 만든 물건이라서 그런지, 나와는 영 상성이 맞지 않더군. 아깝지만 포기하지. 고마운 줄 알아.

헤어지기 직전에 하라칼이 나에게 내준 아티팩트.

엄밀히 말하자면 돌려받은 내 물건이었다.

〈수왕의 관〉

[에너지 매개체] 한 세계의 가장 뛰어난 장인들이 모여서 만들어 낸 왕관. 야수의 왕이 다루는 에너지를 증폭시킨다.

'이 자식, 정말 왕관이라고 머리에 써 보기만 했던 건 아니겠지?'

수왕의 관은 마력 체계에 녹여서 사용하는 내재 기관이다.

지금 그것은 내 가슴팍 한복판에 새겨진 채 활발하게 작동하고 있었다.

세비지 에너지의 출력 효율이 단숨에 향상된 느낌.

'흠, 좋네.'

–나도 느껴져! 약간 묵직해졌어. 마력에도 살이 찌나?

해청의 말에 나는 피식 웃었다.

수왕의 관 이외에 얻은 또 다른 소득은…….

'뭐, 야수계에 차원 전쟁의 가능성을 알려 준 것도 나름의 소득이라고 할 수 있겠지.'

혹시라도 인간계와 야수계가 맞붙는다면, 상황을 중재할 수 있는 조건 하나를 만들어둔 셈 치자.

어쨌거나 이제 돌아갈 시간이다.

슬쩍 뒤를 돌아보니 젊은 늑대, 어린 호랑이, 늙은 뱀이 어기적거리는 것이 보였다.

"왕이시여, 마지막으로 간청드립니다. 지구로 따라갈 수 있게 허락해 주십시오."

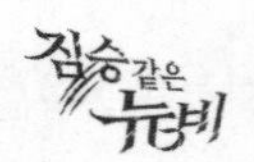

"혹시 기파로 님이 못 미더우시다면 제가 갈게요! 저는 이럴 때를 대비해서 어머니께 변신 마법도 배워 뒀다니까요? 한번 보여 드려요?"

펑 하는 소리와 함께 마네란의 모습이 조금 더 사람에 가까워졌다.

하지만 얼룩무늬의 귀는 여전했다.

-귀가 4개가 됐어……. 그렇다면 이어폰은 어디 꽂아야 하는 거지……?

거참 심오한 질문이군.

어쨌든 나는 손을 내저었다.

"됐어. 정말 됐으니까 너희는 이만 돌아가. 가서 케이샤와 하라칼에게 힘을 보태라고."

그러자 지켜보던 고르시그가 혓바닥을 날름거리며 나섰다.

"왕이시여, 지원군이 필요하시다면서 왜 저희를 거부하시는지? 혹시 모두 못미더우십니까? 그렇다면 서운한데요. 제 실력 아시잖습니까?"

물론 안다.

이 붉은 뱀 수인은 정석진 마스터 이상의 재능 있는 마법사이며, 레벨은 그의 두 배를 뛰어넘었으니 큰 도움이 될 것이다.

하지만 그렇기에 더더욱 데려갈 수 없었다.

'케이샤의 판단이 옳아. 야수계도 차원 전쟁에 휘말릴 수

있는 상황인데 내가 미래 전력을 바깥으로 누출시킬 수는 없어.'

이들이 자원 아닌 자원을 했다는 사실을 짐작하고 있기에 나는 더더욱 완강하게 거절했다.

그리고 나에게는 꽤나 괜찮은 구실도 하나 있었다.

"생각해 보니까 너희도 지구로 돌아가면 레벨 0부터 다시 시작해야 될걸. 할 수 있겠어?"

"예? 0레벨요?"

"헉……."

"……."

"아무래도 힘들지, 그건?"

사실 레벨 초기화는 거신의 조각을 흡수한 반동 효과였지만, 뭐 아무래도 상관없다.

세 수인종의 입이 다물어지도록 만드는 것에 성공한 나는 미련 없이 돌아섰다.

"다들 안부 전해 줘. 내 걱정은 하지 말라고도 전해 주고."

"알겠습니다, 왕이시여."

"하아, 어머니한테 혼나겠네요."

기파로와 마네란이 중얼거리는 소리를 들으며 나는 차원 통로를 향해 발걸음을 성큼 내디뎠다.

고르시그가 나를 가로막은 것은 그 순간이었다.

이 자식이.

"또 뭔데, 인마! 귀찮게!"

"잠시만! 왕이시여! 그럼 '잔영 전송'은 어떻습니까?"

"……잔영 전송? 갑자기 뭔 소리야?"

내가 미간을 찌푸리자 붉은 뱀은 새로운 이야기를 풀어놓기 시작했다.

"비록 야수계에 있는 저희의 '본령(本領)'은 인간계로 쉽게 넘어갈 수 없겠지만, '잔영(盞影)'은 다를 겁니다. 그걸 전송할 수 있도록 준비하는 것은 어떻습니까?"

"너희의 잔영?"

"예, 하라칼 님과 스파링을 하실 때 임시 게이트 영역이라는 것을 만드셔서 예전의 힘을 끌어내셨다고 들었습니다. 그렇다면 그와 비슷한 원리로 좌표계를 연결하여……."

설명이 한참이나 이어졌다.

잔영 전송이라.

고르시그가 풀어놓은 이야기를 요약하자면…….

"그러니까 지구에 존재하는 동물들을 매개체로 삼아서 빙의를 하는 방식으로 넘어오겠다 이거군?"

"예, 맞습니다."

붉은 뱀의 아이디어에서 나는 예전에 들었던 목소리를 떠올렸다.

-환상은 본질의 반영이다.

드래곤 벤테시오그.

녀석이 했던 말이 또 한 번 수면 위로 올라와서 새로운 가능성을 제시하고 있었던 것이다.

신기한 일이다.

'역시 차원 연결에 대해서는 보스 몬스터들이 더 잘 알고 있단 말이지.'

드래곤도 그렇고, 거인왕도 그렇고.

어쩌면 그들처럼 지고한 종족에게는 또 다른 역할이 부여되어 있을지도 모른다는 생각이 들었다.

"……왕께서도 뛰어난 마법사이시니 가능성이 전혀 없지는 않다는 것을 이해하실 듯합니다만?"

내가 잠자코 생각에 잠겨 있자, 고르시그는 헛기침을 하며 눈치를 보고 있었다.

가능성?

'아니, 이건 된다.'

다만 문제는 이렇게 완벽하게 새로운 마법 기술은 개발 자체가 쉽지 않다는 점이었다.

시간이 해결해 줄 수밖에 없다.

다행이라면 야수계에서는 시간이 지구보다 훨씬 빠르게 흘러간다는 것.

고르시그처럼 마법에 미친 뱀 녀석들이 여럿 달라붙으면 생각보다 빠르게 될지도 모른다.

"흠, 그래. 좋아."

나는 고개를 끄덕였다.

"그럼 부탁하지. 내가 필요하면 너희의 잔영을 전송할 수 있도록 안배해 줘."

고르시그의 표정이 환하게 변했다.

"좋습니다! 새로운 마법에 몰두할 수 있게 됐네요! 흐흐흐!"

환호하던 붉은 뱀은 나에게 아주 작은 단검을 내밀었다.

〈붉은 독니〉

[무기] 평범한 단검에 중독 효과를 부여했다. 원래 주인의 존재감이 희미하게 느껴진다.

"이건……?"

"제 독니를 뽑아서 만든 물건입니다. 아직은 아니지만, 전송 기술이 완성되고 일정 조건이 충족된 상태라면 '연결점'이 되어 줄 겁니다."

"보이지 않는 낚싯줄 같은 거군."

"바로 그겁니다, 존귀한 왕이시여."

"그래, 가지고 있지."

나는 붉은 단검을 챙겨 놓고 돌아서자 세 수인이 허리를 나란히 숙이며 말했다.

"필요하면 꼭 불러 주십시오."

"유령이든 혼령이든 달려갈게요! 워뇨 님!"
"그때까지 부디 보중하시길……."
"그래, 너희도."
통로 안으로 들어섰다.

[알림 : 현재 차원 통로의 남은 유효 기간은 10분 9초…….]

쏟아지는 광채 속에서 나는 짐승들에게 다시 한 번 작별을 고했다.
"잘 지내라. 전쟁 조심하고."

[안내 : 차원 연결이 종료됩니다.]
[안내 : 어지러움에 주의하십시오.]

눈앞으로 창연한 빛과 함께 몸이 떠오른 그 순간.

[안내 : 지구-677 '야수계'에서 이탈합니다.]
[알림 : 지구-1 '순수 인간계'에 입장했습니다.]

아득한 현기증과 함께, 나는 동해의 밑바닥으로 돌아왔다.
그리고 수면을 향해 나아가기 시작했다.

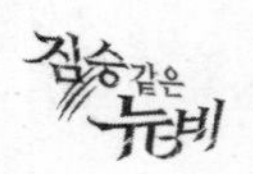

콰오오오오오——!

마치 수백 마리의 고래들이 분수공을 통해 일제히 물을 쏟아 내는 듯 보이는 광경이었다.

물기둥이 솟아오르는 모습을 본 최신우는 몸을 튕기듯이 달려 나왔다.

"뭐, 뭐야? 어떻게 된 거죠?"

"모르겠습니다. 갑자기 거대한 기포가 터져 나왔습니다."

"거대한 기포?"

아니, 의문만 표하고 있을 때가 아니었다.

"다른 간부들에게 알려 주세요!"

"알겠습니다."

경비대원에게 지시를 내린 최신우는 탐색 마법을 전개하기 시작했다.

[스킬 : '퍼펙트 아이'.]

최근 레벨 업을 거듭하며 최신우는 자신의 포지션을 확실하게 정리해 두었다.

팀의 눈이자, 활.

적진의 가장 깊숙한 곳까지 훑어보고, 과감하게 저격 스킬을 꽂아 넣는 역할이었다.

그렇기에 그녀의 탐색 마법은 제법 깊은 바닷속까지 꿰뚫어볼 수 있을 만큼 위력적인 수준으로 발전시켰다.

감각이 확장되며 심층부까지 도달한 그 순간.

최신우의 눈동자가 크게 확장되었다.

"오빠!"

낯익은 혈육이 수면을 향해 천천히 헤엄치며 올라오는 모습이 잡혔다.

그녀는 내심 안도하면서도 동시에 충격에 휩싸인 상태였다.

"마스터입니까? 무사히 돌아오신 건가요?"

"예에……."

"그런데 왜 그러십니까? 마스터가 다치기라도 하셨습니까?"

가까이 있다가 달려온 헌드레드의 질문이었다.

"아뇨, 그건 아닌데. 허 참."

"그런데요……?"

최신우가 멍한 표정으로 고개를 가로젓다가 헛웃음을 짓자, 헌드레드는 눈을 깜빡였다.

다친 것이 아니라 오히려 그 반대였다.

"……오빠가 더 강해졌어요."

"예?"

"대체 뭔지 모르겠는데, 오빠한테서 흘러나오는 힘이 한 단계 강해졌다고요. 이제 헌드레드 님도 느껴지지 않나요?"

"예? 어……? 정말이네요? 뭐지?"

헌드레드 역시 바닷속에서 올라오는 헌터가 다시 한 단계 성장했다는 사실을 확인했다.

이해할 수 없는 일이었다.

"아니, 마스터는 이미 만렙이라고 하셨잖습니까? 어떻게 거기서 또 강해질 수 있는 거죠?"

"나도 이해 안 돼요."

두 남녀는 서로 마주 보며 피식 웃었다.

그리고 계속 기다렸다.

"음, 거의 다 올라오셨네요."

"아오! 왜 저렇게 미적거리는 걸까요? 빨리 좀 올라올 것이지!"

"그야 잠수병을 예방하려고 하시는 것 아닐까요? 감압 없이 빨리 올라오게 되면 체내에 질소가 찬다고 하지 않습니까."

"헌터가 무슨 놈의 잠수병이에요? 그럼 내 홧병은 어쩌고요!"

"하하……."

정석진을 비롯한 간부들 또한 보고를 받았을 테니, 곧 모두 몰려올 것이다.

헌드레드는 그전에 질문을 쏟아 낼 생각이었다.

대체 어디서 무슨 일이 있었는지

뭘 어떻게 하면 또다시 한 단계 강해질 수 있는지.

모조리 꼬치꼬치 캐물어 볼 생각이었다.

"한채미 헌터님! 마스터가 물 밖으로 나오셨습니다!"

"야! 이 망할 오빠 놈아!"

그런데 그 순간.

뜻밖의 변화가 모두를 덮쳤다.

그웅…….

일순 대기를 진동시키는 짧은 떨림.

그리고 헌터들에게만 보이는 메시지가 출력되었다.

하지만 이는 사실상 지구의 인간들 모두의 삶을 뒤바꾸는 일방적인 통보였다.

[알림 : 이 세계에 배당된 EX급 게이트의 50%가 공략됨에 따라, '2페이즈'가 시작됩니다!]

"자, 잠깐만!"

"2페이즈라고……?"

최신우와 헌드레드의 표정이 딱딱하게 굳어졌다.

하필 지금 이 순간에 2페이즈가 시작되리라고는 전혀 예상치 못했다.

최원호를 보기 위해 쏟아져 나온 헌터들 역시 마찬가지였다.

우왕좌왕하는 이들 사이에서 차분한 사람은 둘뿐.

“모두 침착하세요. 예상하고 있던 일이잖아요?”

“오호, 드디어 이 세계에도 두 번째 장이 열리는가.”

이엘린과 자하르.

두 이계인은 긴장과 희열이 담긴 표정으로 걸어왔다.

이미 2페이즈를 경험해 보았으니 지구인들처럼 요란을 떨 이유는 없었다.

하지만 그들도 예상하지 못했던 것이 하나 있었다.

“어이! 최원호! 빨리……! 어라?”

“자, 잠깐만. 마스터? 지금 계속, 점점, 강해지는……?”

갑판의 가장자리로 다가서자 최원호가 다가오는 모습이 보인다.

난간을 붙잡은 거인왕과 요정 왕녀는 앞서 최신우가 느꼈던 감정을 고스란히 다시 느끼고 있었다.

“……자하르 님, 제 착각이 아닌 거죠?”

“나도 느끼고 있다.”

푸른 수면 위로 머리를 내민 최원호.

“푸우우……!”

입 안에 고여 있던 바닷물을 뱉어낸 그는 여동생의 말처럼 무척이나 미적거리면서 헤엄을 치고 있었다.

하지만 그 누구도 불만을 제기할 수가 없었다.

[정보 : 현재 차원에 정해진 레벨 제한이 해제됩니다.]

[안내 : 정산되지 않은 경험치가 일괄 반영됩니다.]

[알림 : 레벨이 올랐습니다!]

[알림 : 레벨이 올랐습니다!]

[알림 : 레벨이 올랐습니다!]

[알림 : 레벨이 올랐습니다!]

[……]

[……]

느긋하게 물장구를 일으키며 다가오는 남자는 스테이터스 창을 조작하고 있었다.

'이제야 스탯 밸런스를 손볼 수 있겠네.'

[알림 : 마력 스탯이 11만큼 올랐습니다.]

[알림 : 근력 스탯이 5만큼 올랐습니다.]

[알림 : 의념 스탯이 7만큼 올랐습니다.]

[알림 : 민첩 스탯이 3만큼 올랐습니다.]

[……]

모두가 지켜보는 가운데, 실시간으로 강화되는 최원호.

"대체 어디서 뭘 하고 돌아온 거지? 허, 참. 무서운 인간이로군."

자하르가 중얼거린 말이었다.

아포칼립스의 뉴비

마침내 최원호가 돌아오자, 클로저스 연합은 다시 해군 쾌속선을 타고 항구로 돌아오게 되었다.

때는 깊은 새벽.

항구 근처에 바다 안개까지 자욱하게 깔려 무척이나 음산한 분위기였다.

마스터의 탈주 때문에 바다 위에서 며칠을 보냈던 헌터들은 하나같이 꾀죄죄한 몰골들이었다.

"아, 빨리 서울로 돌아가서 김치찌개 먹고 싶다."

"전 짬뽕요."

"팀장님, 그래도 동해까지 왔는데 회나 한 접시 먹고 갈까요?"

클로저스 연합의 헌터들이 시답잖은 이야기를 떠들며 육지에 발을 내디딘 그 순간.

"……왔다! 왔어!"

"선배님들! 헌터들 들어왔습니다!"

어마어마한 인파가 몰려들었다.

기자들은 카메라 플래시를 터트리며 달려들었다.

"정석진 마스터! 여기 좀 봐 주세요!"

"한채미 헌터! 손으로 가리시면 안 됩니다! 손 내려요!"

"어? 레이황 아니야? 우와, 실물은 처음 보는데? 야! 뭣들 하고 있어! 얼른 카메라 돌려!"

그들은 클로저스의 헌터들을 향해 너무나 자연스럽게 취재를 벌이기 시작했다.

헌터들은 혀를 내둘렀다.

"세상에, 아직도 여기에서 뻗치기를 하고 있었단 말이야?"

"하, 기자들도 참 지독하네……."

그리고 통제원들은 한발 늦게 현장에 나타났다.

"헌터지원센터 현장통제팀입니다! 죄송하지만 기자 분들은 모두 뒤로 물러나주세요!"

"자, 브리핑 시간 충분히 가질 테니까! 과열 취재는 삼가 주십시오!"

"아, 정석진 마스터? 죄송하지만 협조 부탁드리겠습니다. 직접 브리핑해 주실 거죠? 예? 부탁 좀 드릴게요!"

조용했던 부둣가는 기자들과 공무원들이 뒤엉키며 순식간에 도떼기시장으로 변했고.

누구도 브리핑을 하겠다고 이야기하지 않았으나 프레스 부스 또한 자연스레 세워지고 있었다.

"어휴……."

벌써 며칠을 바다 위에서 보낸 헌터들에게는 도저히 즐거울 수가 없는 순서였다.

"오늘은 좀 힘들구먼."

"그래도 유광명 헌터님이 계시니까 브리핑은 수월하게 되지 않을까요?"

"글세, 기자들 눈빛을 보니 독이 바짝 올랐어. 오늘은 정말 바닥까지 긁어 댈 거 같은데?"

정석진, 봄향, 유광명은 고개를 절레절레 저으며 걸음을 옮겼다.

"흠, 한국에서는 늘 이런 식인가?"

레이황을 제외하고, 한국인 헌터들에게는 지금껏 으레 해왔던 당연한 절차였기에 그들은 피곤을 꾹꾹 눌러 참으면서 브리핑 부스로 향하려 했다.

하지만 바로 그때.

"아니, 오늘 브리핑은 생략합니다. 궁금한 건 청와대 대변인한테 가서 물어보십시오."

일행의 가장 후미에 있던 남자가 걸어 나오며 입을 열었다.

"어? 어어어!"

"뭐, 뭐야? 백수현 마스터잖아!"

최원호를 알아본 기자들이 비명에 가까운 고함을 내질렀다.

"카메라! 카메라 돌려!"

"아! 비키세요! 머리 걸리잖아요! 야! 비키라고!"

"백수현 마스터! 이쪽 좀 봐 주세요……!"

지금 기자들에게 최원호는 무조건 잡아 둬야 하는 취재 대상이었다.

이미 텐류와의 전투가 전 세계로 생중계되었고, 결과적으로 최원호가 승리를 거두었다.

그럼에도 불구하고 어디서도 그의 목소리를 들을 수가 없었으니.

싸움의 여파를 이기지 못하고 최원호가 바닷속에서 익사했다는 지라시까지 나오고 있던 참이었다.

그런 그가 완벽하게 멀쩡한 모습으로 등장했다.

"누구 맘대로 브리핑 생략합니까!"

"그게 아니고! 오히려 브리핑을 직접 해 주셔야죠!"

"백수현 마스터! 국가적 영웅으로서 국민들의 알 권리 또한 존중해 주십시오!"

기자들은 상대가 여의도 병원에서 벌였던 일을 애써 무시하며 목소리를 높였다.

그때와 지금은 다르다는 생각들.

하지만 최원호는 깡그리 무시했다.

"클로저스 연합! 전원 서울로 복귀한다! 서둘러!"

"예!"

한 치도 망설이지 않고 썰물처럼 빠져나가는 헌터들을 보며 기자들은 기겁했다.

"뭐야? 진짜 안 한다고?"

"비키세요!"

"지금 날 밀었어? 기자를 민다고? 야! 너희 제정신이냐?"

그러나 이젠 상황을 중재할 공무원들도 없었다.

"차원통제청! 아, 아니지. 그래, 헌터지원센터 직원들! 뭐 합니까? 중간에서 정리하고 헌터들 통제해 주셔야죠!"

"아, 저희 센터는 강제력이 하나도 없어서요. 클랜에서 협조 안 한다고 하시면, 막을 방법이 전혀 없습니다."

"뭐요? 아니, 이런 경우가 세상에 어디 있습니까?"

"와, 진짜 어이가 없네. 설마 처음부터 이런 식으로 하려고 차원통제청 해체시키고 게이트 전권을 받은 겁니까?"

헌터 출신의 몇몇 기자들은 마력을 일으키며 최원호의 앞길을 막으며 마이크를 들이대기도 했다.

"백수현 헌터, 저번부터 언론을 너무 무시하는 것 아닙니까?"

"좋게 좋게 가자고요. 필요한 것만 물어보겠다는데 왜 이렇게 비협조적이죠?"

'왜 언론에 협조하지 않냐고?'

정말이지 아무것도 모르는 기자의 질문에 최원호의 입꼬리가 사정없이 비틀어졌다.

"협조할 필요가 없으니까."

"뭐라고요?"

"너희가 언제까지 기자일 것 같아? 이제 두 번째 페이즈가 시작됐는데, 그 직업이 이제 의미가 있을까?"

대화는 거기까지였다.

"이 새끼가! 못 참아 주겠네!"

군중 사이에서 건틀릿을 착용한 놈 하나가 불쑥 튀어나왔다.

사실은 기자를 가장한 헌터.

그는 퀸쿼러스 연합이 미리 심어 두었던 인물이었다.

사실 최원호의 목숨을 노리기보다는 뺨이라도 기습적으로 한 대 때려서 망신을 주겠다고 배치해 둔 80레벨의 용병 헌터였다.

'민간인들이 뻔히 보고 있는데, 설마 세게 반격하겠어?'

너무나 안일한 생각이었음은 즉각 증명되었다.

주먹을 움켜쥔 놈이 코앞으로 달려든 순간.

"……?"

최원호는 반사적으로 움직였다.

[권능 : '미친 토끼의 앞발'.]

빠각.

가장 초급적인 격투 기술이었다.

그러나 그것은 차고 넘칠 만큼 충분했다.

"컥."

외마디 비명과 함께 반으로 접혀 버린 자객의 몸이 와당탕 소리를 내며 저 멀리로 나가떨어졌다.

"……?"

일반인에 불과한 기자들은 최원호의 움직임을 아예 감지하지도 못했다.

심지어 클로저스의 헌터들 역시 비슷한 상황이었다.

"바, 방금 뭐였지?"

"리버 블로?"

"뭔 소리야? 미들킥 아니었어?"

최원호의 바로 지근거리에 있던 헌터들조차도 그의 잔상만 본 것처럼 느껴질 정도였다.

'킥인지 펀치인지도 못 본 거야?'

'이게 말이 되나?'

한 단계가 아니라, 단숨에 두 단계는 뛰어오른 듯한 새로운 경지.

그리고 기자들 사이에서 비명이 터져 나왔다.

"주, 죽었어!"

"방금 그 사람? 죽었다고?"

"구급차! 구급차 좀 불러 줘요!"

그들은 아비규환에 떨어진 것처럼 소리를 질러 대고 있었다.

하지만 최원호는 유유히 그 사이를 지나쳤다.

당장 신고하겠다며 기자들이 악을 써 댔지만 오히려 측은했다.

'이들은 살아남을 수 있을까?'

법률 따위의 인간 사회의 규칙은 머잖아 흔적도 남기지 못하고 파괴될 터.

모두 그때서야 깨닫고 후회하게 될 것이다.

왜 그때 게이트를 폐쇄하자고 펜을 들지 않았는지.

어째서 게이트라는 재앙을 통제할 수 있다고 착각하는 인간들에게 편승했던 것인지.

"쯧……."

어쩌면 그것은 언론이라는 이름 뒤에 숨었던 괴물들이 마땅히 받아야 할 인과응보일지도 모른다.

최원호가 관악산 클랜 하우스 지하에다 대규모 방공호를

구비하고, 클랜원들의 가족을 최대한 불러들였다는 이야기는 세간에 꽤 유명했다.

대부분의 클랜 마스터들은 그것을 불쾌하게 생각했고, 퀸쿼러스 연합의 수뇌들은 그를 정신병자라고 비하하기까지 했다.

사실은 자존심 문제였다.

—그 자식은 한국 레이드 클랜들이 다 손 놓고 놀기라도 한다는 거야?

—건방진 놈이 해외에서 성과 좀 냈다고 국내 헌터들을 바보로 취급하네.

—다 주목받고 싶어서 그러는 거야! 뜬금없이 무슨 방공호? 또라이 새끼.

—핵전쟁이라도 대비하나? 미친놈.

대부분의 반응이 이러했고, 반신반의하면서 위기 대응을 준비했던 클랜 마스터들은 정말 극소수에 불과했다.

그러나 2페이즈가 한반도에도 시작되고 몇 시간 뒤.

클랜 마스터들은 모두 실감했다.

최원호가 옳았다는 것을.

〈긴급 재난 방송을 보내 드립니다. 오늘 오후 9시를 기하여, 이인국 대통령은…… 2차 긴급 명령을…… 죄송…… 현재 방송 상태가…… 아, 국민 여러분…… 모두 행운을…….〉

첫 번째로 방송이 뚝 끊어졌다.
이어서 인터넷 또한 마찬가지가 되었다.

〈이 페이지를 표시할 수 없습니다. 인터넷 공급자에게 문의하십시오.〉

“뭐야? 왜 이래?”
“아씨, 공유기가 또 말썽이네.”
“……어? 안 되잖아? 전화도 안 되네?”
평소처럼 컴퓨터와 스마트폰으로 인터넷에 접속하려고 했던 시민들은 당혹감에 빠졌으며…….

〈아, 아, 아파트 관리사무소에서 알려 드립니다! 전기 공급이 끊어질 수 있다는 소식이 있습니다! 무슨 게이트 때문에 발전소 시설에 문제가 생겼다는데, 아무튼 전기가 끊어지더라도 당황하지 마시고…….〉

피우우웅…….
안타깝게도 그 안내 방송조차 끝맺지 못하고 전력 공급이 끊어졌다.

삽시간에 어둠 속에 갇힌 사람들은 어안이 벙벙해질 수밖에 없었다.

처음에 그들은 혀를 차고 분노를 표했다.

"아니, 정부는 뭐 하는 거야? 긴급 명령만 대충 내려놓으면 다야?"

"세금을 처먹었으면 조치를 취해야 할 거 아냐! 냉장고 음식 다 상하겠네!"

"헌터라는 새끼들은 연예인 행세만 하고……. 쯧쯧."

"다음엔 무조건 정권 교체 해야 돼. 어휴."

그리고 창밖으로 장갑차와 수송 트럭을 비롯한 육군 병력이 움직이는 모습을 봤을 때는 조금 심각해졌다.

"와, 무서운데……. 무슨 전쟁이라도 난 거 같잖아."

"왜 이렇게 겁을 줘?"

"근데 저쪽은 북쪽 아닌가? 왜 저런대?"

그러다가 군대의 교전 상대를 확인했을 때는…….

"모, 몬스터? 몬스터들이다!"

"씨×! 어디서 게이트가 역류한 거야? 아니, 무슨 몬스터가 저렇게 많아?"

"어떡하죠? 도망가야 하나? 아, 아닌가? 집밖이 더 위험할까요? 아, 어떡해……."

"엄마아아아!"

사람들은 현실을 깨달았다.

북한 지역에서 엄청난 숫자의 몬스터들이 물밀듯이 쏟아져 내려오고 있었다.

서울의 북쪽이 붕괴되기 시작한 것이다.

서울에 근거지를 둔 클랜 마스터들은 깊은 고민에 휩싸였다.

'지금 무슨 일이 벌어지고 있는 거야? 설마 백수현은 이걸 내다본 건가?'

'젠장, 나도 방공호 만들어둘걸 그랬군. 혹시 관악산에 남는 자리 없나?"

'마력석 좀 챙겨서 부산으로 도망가……?'

모든 클랜 마스터들에게 메시지가 전해진 것은 바로 그때였다.

〈수도권 내의 모든 헌터들은 신속히 여의도 병원으로 집결할 것. 집결에 응하지 않은 헌터는 향후 안전을 보장할 수 없음.〉

-최원호-

이는 헌터지원센터의 직원들이 일일이 찾아와서 직접 건넨 서신이었다.

마치 2페이즈 이후로 전력 공급과 통신망이 망가질 줄 알고 있었다는 듯 완벽한 대처.

그리고 최원호로부터 별도의 서신을 하나 더 받은 헌터들은 등줄기가 오싹해지는 것을 느끼고 있었다.

〈즉시 퀀쿼러스를 해산하고 클로저스로 합류할 것. 마지막 기회. 다음은 없음.〉

-최원호-

"하, 미치겠군……. 김서옥도 연락이 안 되고!"

909여단의 여단장.

"젠장, 김주석 마스터는 대체 어떻게 된 거냐?"

디엘 컴퍼니의 CEO, 헤미르.

'도대체 아버지는 어디 가신 거지? 왜 나타나지 않으시는 거야?'

김주석이 없는 상황에서 아이언팩토리의 지휘권을 행사하게 된 김자형까지…….

퀀쿼러스 연합의 마지막 구성원들에게 최후통첩이 주어졌다.

그리고 그때, 이인국 대통령 역시 여의도로 향하고 있었다.

"서두릅시다, 어서!"

대통령의 손에는 헌터지원센터장인 홍대윤이 직접 와서 전한 서신이 쥐어져 있었다.

〈2페이즈가 시작되며 현재 북한 전역이 게이트화되고 있는 것으로 추정됨. 즉시 대응해야 함. 자세한 이야기는 여의도 병원에서.〉

—최원호—

백수현.

이제 아니, '최원호'라는 본명을 강조하듯이 눌러쓴 그 남자가 대통령까지 여의도로 부르고 있었다.

클랜 하우스로 돌아온 내가 가장 먼저 찾은 사람은 철만 아저씨였다.

"아저씨."

"오, 원호야! 괜찮냐? 어떻게 됐던 거냐?"

"그게……."

나는 그에게 차원 통로에 대해서 설명해 주었다.

바다 밑바닥에서 내가 영하 누나의 실루엣을 보았고, 어쩌면 그녀가 있는 차원으로 넘어갈 수 있을 것도 같았지만, 결국 야수계로 가서 지원 병력을 요청했다는 이야기.

하지만 결과적으로 수인종들에게 거절당했다는 결말까지 모두 다 털어놓았다.

"……영하의 실루엣이라고?"

"예."
"으음."
아저씨는 잠시 말을 잊었다.
그러다가 애써 웃음을 지어 보였다.
"그래, 잘했다. 원호야, 그건 잘한 거야."
"정말로요?"
"정말이지, 인석아! 영하한테 갈 거면 나랑 같이 가야지! 혼자 가면 안 되지!"
그는 껄껄 웃었지만 나는 웃을 수가 없었다.
정말 소중한 기회 하나를 버린 것일지도 모른다는 생각이 뒤늦게 들었다.
누나를 되찾을 수 있는 기회.
나를 바라보던 철만 아저씨가 다시 입을 열었다.
"후회하냐?"
"예, 조금 그렇습니다."
그러자 아저씨의 눈빛이 깊어졌다.
"원호야, 전에 말했었는지 모르겠지만, 영하가 생각나고 내가 힘들 때마다 항상 생각하는 게 하나 있다."
"……?"
"언젠가 영하가 돌아왔을 때, 딸내미한테 부끄럽지 않은 사람으로, 항상 자랑스러운 아빠로 남아 있자. 나는 늘 그걸 생각한다. 알겠냐?"

“…….”

“부끄럽지 않은 사람으로 남아 있는 것. 넌 그걸 한 거야. 당장 네 욕심을 챙기지 않고, 다른 사람들을 위해서 결단을 내리고 행동한 것 아니냐? 그건 잘한 거다, 잘한 거야. 영하도 그렇게 생각할 거고.”

“……예.”

“기회는 또 있을 거다. 그땐 나도 데리고 가고. 알겠냐?”

나를 위로하는 아저씨를 향해 나는 피식 웃을 수밖에 없었다.

“알겠습니다. 꼭 끼워 드릴게요. 대신 이계에서 1인분은 하셔야 돼요.”

“인석이? 내가 누군데 1인분을 못할까! 나 손철만이야! 마이스터 쏜! 몰라?”

나는 아저씨와 함께 신나게 웃었다.

그리고 채윤기를 호출해서 몇 가지를 지시하는 것으로 본격적인 업무을 시작했다.

“채 과장, 곧 북쪽에서 몬스터들이 밀고 내려올 거야. 홍대윤 헌터지원센터장한테 가서, 이 서신들을 수도권에 있는 모든 클랜 마스터들한테 하나씩 전달하라고 전해. 아마 직원들이 직접 가야 할 거라고 해.”

“직원들이 직접? 왜?”

“곧 서울이 마비될 테니까.”

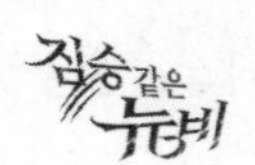

그리고 3시간 뒤, 여의도 병원에 '긴급 대책 본부'가 꾸려졌다.

"컨테이너 이쪽으로요! 천천히!"

"수리 설비 담당자 누굽니까! 이거 빨리 정리해 주세요……!"

주차장을 치워서 만든 공터에 각종 임시 시설이 설치되고 있었다.

긴급 게이트 대책 본부.

우리는 백십자 클랜의 본단이자 부상자들을 치료할 수 있는 여의도 병원을 베이스캠프로 삼았다.

어떤 일이 생기더라도 한강 이남으로 밀리지 않도록 방어선을 구축하는 것.

2페이즈가 예견된 그때부터 계획해 두었던 프로세스였다.

대부분 미리 구상해 둔 덕분에 내가 동해에서 텐류와 투닥거리고 있던 상황에서도 별다른 차질 없이 예정대로 진행되었다.

나는 그 1등 공신과 악수를 나누었다.

"고생하셨습니다, 윤동식 마스터."

"별말씀을, 백수현 마스터. 아참, 이제 최원호 마스터라고 불러 드려야 하나?"

"편한 대로 부르십시오."

"그럼 백수현이라고 하겠네. 그래도 라이선스에 박힌 이름이 오피셜한 것 아닌가? 핫핫핫!"

……라이선스?

"글쎄요. 어차피 이제 헌터 자격 같은 건 의미가 없어질 겁니다. 조만간 국가라는 규격 자체가 붕괴될 테니까요."

나는 씁쓸하게 웃었고, 윤동식의 얼굴은 살짝 굳어졌다.

"크흠, 백수현 마스터. 정말 그렇게 될 거라고 예상하는 건가? 이거 참. 뭐라고 해야 하나……. 내가 자네를 의심하는 건 아니지만……."

"그건 곧 직접 확인할 수 있을 겁니다."

"음, 알겠네."

윤동식은 느리게 고개를 끄덕이더니 잠시 머뭇거리다가 입을 열었다.

"그렇다면 내가 지금 딱 한 가지만 자네에게 부탁을 하고 싶은데, 괜찮겠나?"

"어떤 부탁입니까?"

"내 딸아이, 희원이 말이야. 혹시 내가 잘못되더라도 부탁 좀 함세."

"예?"

이거 왠지 뉘앙스가 이상한데?

무슨 사망 플래그 꽂는 것도 아니고.

"이상한 말씀 하지 마십쇼, 윤동식 마스터. 그런다고 제가 달리 행동하는 부분은 추호도 없을 겁니다."

내가 인상을 굳히자 윤동식은 황급히 손을 내저었다.

"아니, 자네더러 희원이를 책임지라는 게 아니고! 그냥 안전한 곳에서 지낼 수 있도록 신경 좀 써 달라는 말일세. 뭘 그리 정색하나? 하하하하!"

내가 이렇게 딱딱하게 나올 줄은 몰랐는지 윤동식은 애써 웃으며 머쓱함을 감추고 있었다.

좀 심했나.

"……윤희원 선생은 후방 요원이니까 위험할 일 없을 겁니다. 좀 쉬십시오. 밤공기가 차네요."

"그래, 고맙네."

나는 윤동식에게 고개를 숙여 보이고 뒤로 돌아섰다.

'기분이 이상하네.'

이대로 인류 사회의 제도가 붕괴된다면, 사실 나에게는 오히려 편안한 일이었다.

야수계와 비슷해지는 방향이었으니까.

귀찮게 라이선스와 국적 따위를 따지면서 게이트를 공략할 필요가 없게 되는 것이다.

하지만 기뻐할 일은 아니었다.

착잡했다.

아무리 피해를 최소화한다고 해도…….

'엄청나게 많은 사람들이 죽어 나가겠지. 이미 죽어 가고 있을 거고.'

어마어마한 비극이다.

페이즈 2.

세계를 괴롭히는 게이트 사태의 두 번째 장.

내가 야수계에서 경험한 바에 따르면, 그건 일종의 '확장'이었다.

'딱 100까지 허용되던 헌터들의 레벨 제한이 200으로 늘어나고, 성장 촉진 룰이 적용되며, 새로운 속성의 게이트들이 추가된다.'

야수계의 수인종 헌터들에게는 늘 해 오던 일이 다시 두 배로 확장되는 사건이었다.

그러니 따로 고민할 것 없이, 레벨 업에 집중하고 게이트를 공략해서 폐쇄하는 일에 몰두하면 그만이었다.

하지만…….

–무슨 말이지? 내가 속했던 '거인계'에서는 게이트의 숫자는 줄어들고 난이도만 급증했는데?

–그게, 저희 '오르카니스'에서는 게이트들의 시간제한이 절반이 되었어요. 그리고 역류했을 때 마력 폭발이 3배로 늘어나는 식이었죠.

자하르와 이엘린은 완전히 다른 이야기를 했다.

내가 야수계에서 경험했던 것과는 전혀 다른 전개였다.

'페이즈 2가 세계마다 다르게 진행된다……?'

당황스럽지 않을 수가 없다.

당연히 게이트 숫자가 늘어나고, 신인류 조직과 일종의 쟁탈전을 벌이게 될 것이라고 예측하고 있던 내 입장에서는 진위를 의심할 만큼 충격적인 이야기이기도 했다.

물론 넋 놓고 있지는 않았다.

나는 결사단의 정보망을 통해 먼저 페이즈 2가 시작된 타국에서 어떤 상황이 벌어지고 있는지 파악했다.

그리고 게이트들이 차례차례 역류하며 지상으로 몬스터들을 쏟아 내고 있다는 정보를 입수했다.

다행스럽게도 이미 국내 게이트는 90% 이상 폐쇄시켜 둔 상태.

……문제는 북한이다.

20세기 마지막에 게이트 사태가 시작된 이후, 북한은 묘한 선택을 내렸다.

북한 수뇌부는 한국과의 대립에 마력 각성자들을 동원하는 것과 동시에, 한층 더 철저한 고립주의를 택했다.

'정황상 중동 국가들을 상대로 마력석 장사를 하는 건 분명한데, 정확한 내부 사정은 거의 알려지지 않았다는 말이지.'

다만 한 가지 분명한 것은 저 휴전선 이북에 여전히 수많은 게이트들이 남아 있으리라는 점이었다.

즉, 2페이즈가 시작되며 일제히 역류를 일으킬 폭탄들이었다.

그렇기에 나는 여의도를 기점으로 방어선을 구축하기로 결정했다.

"백수현 마스터!"

마침 이인국 대통령이 도착했다.

청와대에서 볼 땐 말쑥한 양복 차림이었으나 지금은 국방색 야전 상의 차림.

나는 피식 웃었다.

"잘 어울리시네요. 설마 남쪽으로 피난 가시던 길은 아니었겠지요?"

"어허! 무슨 그런 말씀을!"

"농담입니다. 안쪽으로 들어가시죠. 다른 클랜 마스터들도 하나둘씩 도착하고 있습니다."

"알겠습니다."

헌터들은 밤공기를 뚫고 속속들이 나타났다.

클로저스 연합에 합류한 이들은 물론, 퀀쿼러스 연합에 가담하여 대립각을 세우고 있던 클랜 마스터들까지 착실하게 내 부름에 응했다.

"아, 안녕하십니까. 호출하셔서 왔습니다. 909여단장입니다."

"디엘 컴퍼니의 마스터인 헤미르입니다. 아, 그, 말씀하신 합류 논의는 진지하게 고려하고 있습니다. 예."

"……김자형입니다. 저희 아버지가 자리를 비우셔서 제가 대신 왔습니다."

김자형은 여전히 내 눈을 제대로 쳐다보지 못했고, 제 아버지의 최후에 대해서도 아직 알지 못하는 듯했다.

하지만 놈의 곁에 서 있는 여자는 조금 달랐다.

이름이 오수민이었던가.

"지, 진짜 최원호……!"

여자는 내 얼굴을 분명히 알아보고 있었다.

드디어 흡혈뱀의 암시가 깨진 모양이다.

나는 빙긋 웃었다.

"그럼 나한테 손목이 잘렸던 것도 기억나겠네?"

"……!"

순간 오수민의 눈빛이 서늘하게 변했다.

그때의 고통을 떠올렸는지 여자의 표정은 악귀처럼 일그러지고 있었다.

하지만 나는 피식 웃었다.

솔직히 전혀 신경 쓰이질 않았다.

뭐 어쩔 건데?

"오수민 씨, 날 쳐다본다고 뭐 바뀌는 게 있나? 아, 따로 할 말이라도 있어? 그럼 지금 이야기해 봐. 들어 줄 테니까."

“……아닙니다. 그때는 죄송했습니다.”

“그래? 본인 눈빛은 죄송한 게 전혀 아닌 것 같은데. 원하면 한 번 더 붙어 줄 수도 있어. 어때?”

“죄송합니다. 눈빛은 제가 고치겠습니다. 최원호 마스터.”

얌전히 시선을 내리깔고 뒷걸음질을 치는 오수민.

“가요, 자형 선배.”

“어, 응. 그래…….”

두 사람은 더없이 공손한 태도로 나에게서 물러났다.

그때와는 180도 달라진 모습이다.

신우가 이 광경을 봤다면 조금은 통쾌하게 생각했을 것이다.

“……마스터, 아이언팩토리도 우리 측으로 들어오겠다고 했습니다. 사실상 퀸쿼러스 연합은 오늘부로 해체되었습니다.”

“그래?”

“예, 요 근래 마스터가 공석이 되어 혼란 상태인 몇몇 클랜들을 제외하고는 전부 탈퇴했으니까요. 붉은손에 이어서 아이언팩토리까지 빠지면서 구심점이 완전히 사라진 결과입니다.”

슬쩍 다가와서 헌드레드가 보고했고, 나는 고개를 끄덕였다.

‘아이언팩토리가 마지막 열쇠였군.’

물론 그렇다고 해서 내가 김자형과 오수민을 신뢰할 수 있게 되었다거나 한 것은 아니었다.

오히려 확실하게 경계해야겠다는 생각.

'분명 시커먼 속내를 숨기고 있겠지. 언제든지 내 뒤통수를 때리려고 준비를 시작할 거고.'

어쩌면 김자형도 날 치기 위해서 신인류에 손을 벌릴지도 모를 일이었다.

제 아버지인 김주석이 그랬듯이 말이다.

그렇다면…….

'이번에는 우리 쪽에서 먼저 덫을 파 놓고 역추적을 해서, 아예 원천 차단을 하는 걸로 가야겠어.'

제대로만 된다면 오히려 김자형을 이용해서 예상외의 성과를 거둘 수 있을지도 모르겠다.

10분 뒤.

"마스터, 클랜 마스터들이 전부 집합했습니다. 의외로 한 명도 빠지지 않았습니다."

"……!"

반항하는 것들이 몇 사람은 있을 줄 알았는데, 정말 의외였다.

"이제 들어가시죠."

"음."

한차례 길게 심호흡을 하고, 나는 헌드레드와 함께 회의실로 들어섰다.

그러자 침묵 속에서 수십 개의 눈동자가 일제히 움직였다.

나는 뜨거운 시선들을 받아내며 입을 열었다.

"최원호입니다."

인사말 따윈 생략하고…….

"30분 뒤에 북한 지역으로 밀고 올라갈 겁니다. 보상은 경험치와 마력석. 기타 사냥 전리품은 수거할 수 없습니다. 불참할 클랜 마스터는 지금 거수하십시오."

나는 전쟁의 시작을 알렸다.

대중이 게이트와 게이트 몬스터에 대해 가지고 있는 생각들 중에서 큰 오해 중 하나는, 군대가 몬스터를 저지할 수 없다는 생각이었다.

마력 각성자가 아닌 일반인으로 이루어진 재래식 군사력으로는 몬스터를 제대로 저지할 수 없을 것이라는 판단.

이는 헌터들만이 몬스터들을 상대할 수 있다는 편견에서 시작된 오해였다.

사실 조금만 생각해 봐도 알아차릴 수 있는 문제였다.

한국군은 매년 50조원이 넘는 천문학적인 금액을 통해 운영되는 거대한 무력 집단이다.

특히 포방부라는 별명답게 각종 화포로 무장한 한국군.

"필승! 방금 30사단 정찰대가 대규모 몬스터 집단을 발견하여 전차포 사격을 통해 제압을 시작했습니다."

"제20기갑여단 예하 포병대가 홍천 북부를 장악한 오크 개체들에게……."

"현재 2사단 특공대가 양평에서 오우거들과 교전을……."

실전을 목적으로 배치되어 있는 이들이 일제히 화력을 쏟아 낸다면 무엇이든 녹아내리는 것은 당연한 일이었다.

북한 지역에서 어마어마한 숫자의 몬스터들이 남하하기 시작했음에도 전방 일선에서 전해져 온 승전보들이 바로 그 증거였다.

"군단장님, 포격이 효과가 있습니다. 오크들이 접근하지 못하고 있습니다! 오히려 물러간다는 관측도 있습니다!"

"좋아! 계속 쏟아부어!"

"화력 지원 더 요청해! 다 녹여 버리라고!"

북한군이 아닌 게이트 몬스터들을 상대로도 저지력을 충분히 발휘한다는 사실을 확인한 지휘관들은 환호성을 내질렀다.

뼈와 살로 이루어진 유기체 몬스터들은 비무장지대의 GP들을 덮쳤을지언정 민통선 이남으로 넘어오지는 못하는 상황.

"예, 대통령님! 서부 전선에서 조금 밀리긴 했지만 곧바로 만회하고 있습니다. 공중 지원이 시작되면 확실히 찍어 누를 수 있을 듯합니다."

국방부 장관은 여의도로 희소식을 전하면서 내심 이렇게 생각하기도 했다.

'뭐야? 별거 아니잖아?'

이런 식이라면 헌터들이 아니라 군대가 게이트를 공략할 수도 있는 것 아닌가?

하지만 국방부 장관은 곧 헌터들이 왜 존재하는지 실감하게 되었다.

불과 30분 만에 벌어진 일이었다.

"파주가 뚫렸습니다! 갑자기 하얀 안개가 몰려오더니 병사들이 전부 의식을 잃었다고……."

"기, 기동대는 정체를 알 수 없는 검은 몬스터들에 의해 궤멸했습니다! 현재 후퇴 중입니다!"

"사단장님! 유령입니다! 관측이 전혀 되질 않습니다! 빨리 헌터들을 투입해야 됩니다!"

차례차례 전해지는 패배 소식에 지휘관들은 모두 아연실색했다.

"이런 제기랄……."

"빠, 빨리 합참으로 보고해! 어서!"

남하하는 몬스터들을 화력으로 막을 수 있었던 시간은 그리 길지 않았다.

비각성자들로서는 어떻게 대응할 수 없는 몬스터들이 등장한 탓이었다.

끼히히히히히!

캬하하하하하하하……!

밤하늘을 뒤흔드는 귀곡성과 함께 나타나 물리적인 타격을 모조리 무시하며 전열을 헤집는 유령 타입의 몬스터들.

그건 시작에 불과했다.

"오호, 먹잇감들이 많군! 먹음직스러워!"

인간의 정신을 조종하고 희롱하기에 몰두하는 악마종들.

"죄를 씻지 못한 세계를 발견했다. 지금부터 신의 벌을 내리겠노라!"

인간을 향해 무자비한 적개심을 보이는, 일견 천사 형태의 몬스터들까지 밤하늘을 수놓으며 나타났다.

마력 작용을 갖추지 못한 일반 화기의 가치가 급전직하하는 순간, 군인들은 비로소 헌터들의 존재 이유를 깨달았다.

말 그대로 '사냥꾼'이다.

오로지 몬스터를 잡아내기 위해 준비된 인간들.

지금은 반드시 그들이 필요했다.

"……어, 언제 오는 거지?"

"제발! 얼른 와서 몬스터들을 사냥해!"

"살려, 살려 줘!"

더 이상 후퇴하면 서울이 활짝 열리게 된다.

무의미한 사격이 사방을 난사하고, 양손으로 방탄모를 꽉 붙잡은 군인들이 미치기 일보 직전까지 갔던 그때.

부우우우우웅---!

난데없는 오토바이의 굉음이 밤하늘을 때렸다.

참호 속에서 번쩍 고개를 든 전투병들은 일제히 눈을 크게 떴다.

"와, 왔다! 왔어! 왔다고!"

"살았다! 헌터들이야!"

눈썰미가 있는 몇몇은 '하늘을 나는 바이크'를 발견하기도 했다.

"혹시 저 헌터가 백수현인가?"

"뭐야, 동해에서 죽었다는 뉴스는……? 그것도 가짜 뉴스였어?"

"……."

전장은 잠깐이나마나 침묵에 잠겼고, 헌터들은 그 위로 떨어져 내렸다.

"자, 자! 여기서부터는 저희가 맡겠습니다!"

"어휴, 이 아저씨는 오줌을 지리셨네. 괜찮아요?"

"총구 내리고 최대한 물러나세요!"

방금 수도권의 클랜들이 급히 소집되어 만들어진 긴급 공략대는 사실 제대로 된 팀이 아니었다.

전력 밸런스가 전혀 계산되지 않은, 전투력의 '덩어리'에

가까웠다.
다만 지금 헌터들의 목표는 분명했다.

—모든 몬스터들을 소탕하며 북진합니다. 1차 목적지는 개성, 특이한 현상을 발견하면 즉시 보고하십시오. 마력석 수거는 자유롭게 해도 좋습니다.

앞서 하달된 클로저스 연합장 '최원호'의 명령에 따라 쏟아지는 몬스터들을 사냥하고 마력석을 취하는 것이었다.
이는 헌터들에게는 일상이자 전문 분야이며, 존재의 이유이기도 했다.
"가자고. 대체 뭐가 어떻게 되어가는 건지 모르겠지만 말이야."
"백수현 마스터가 직접 선봉에 서 있으니까 뺄 수도 없겠네요."
"흐흐, 렙 업 빡세게 하면서 마력석까지 두둑하게 챙겨야지."
헌터들이 북진하기 시작했다.
2페이즈가 시작되며 몬스터들이 넘쳐 나게 된 한반도를 끝까지 종단하는 대장정의 개시.
그렇게 100일이라는 시간이 흘렀다.

[권능 : '해결사 황소의 뿔'.]

이마 위쪽에 뿔이 돋아났다.

"후."

나는 짧게 호흡하며 자세를 잡은 뒤, 달려드는 오크 전투병을 맞이했다.

큼직한 전투 도끼를 번개처럼 휘저으며 교란 동작을 취하더니 내 허리를 향해서 종으로 길게 휘두르는 상대.

살짝 스치기만 해도 치명상을 입을 것처럼 맹렬한 기세였다.

하지만 난 그것을 피하지 않았다.

콰직!

도리어 날아오는 쇳덩이의 표면을 주먹으로 내려찍어서 박살 낸 뒤, 놈의 품속을 향해서 달려들었다.

"……."

푸욱!

"꾸이이이익--!"

가슴팍에 뿔이 박히자 오크는 미친 듯이 비명을 내질렀다.

심장이 직통으로 찔린 데다 폐까지 꿰뚫렸으니 제대로 숨도 쉬지 못할 거다.

하지만 그러면서도 오크 전사는 쥐고 있던 도끼자루를 내던지고 단검을 뽑아 들었다.

보스 급은 아니지만 상급 개체다운 투지.

방금 뿔을 박으면서 가까워진 내 급소를 노리겠다는 의도였다.

하지만 나는 권능을 연계시켰다.

처음부터 계획하고 있던 연속 기술이었다.

[권능 : '지배자 황소의 번개'.]

쾅!

시퍼런 불꽃과 함께 검붉은 고깃덩이가 사방으로 튀었다.

그걸로 끝이었다.

[안내 : 등급을 알 수 없는 몬스터 '엘리트 오크 전사'를 처치했습니다!]

"후우……."

피가 좀 튀긴 했지만 지금으로서는 가장 효율적인 사냥 방식이다.

게이트 바깥에서는 상대적으로 마력 회복이 느리기 때문에 고안한 전략이었다.

덕분에 나는 150레벨을 달성했다.

[알림 : 레벨이 올랐습니다!]

거의 일주일 만에 레벨 업인가?

이런 추이라면 151에 도달하는 것은 보름 뒤에나 가능할 듯했다.

'피곤하네.'

오크의 피를 대충 닦아 낸 뒤 나는 스테이터스를 열어보았다.

〈스테이터스〉

[최원호]

레벨 : 296(−146) → 150

칭호 : 신의 그릇(전체 +6), 모래 미로의 정복자(전체 +3), 빨간 바지(근력 +3), 요정의 대적자(마력 +5, 체력 +5), 완벽한 사냥꾼(민첩 +7)…….

[전투력 평가]

근력 : 75

민첩 : 60

체력 : 65

지력 : 66

의념 : 71

마력 : 84

신성 : 68

남은 포인트 : 1

이제야 좀 봐줄 만한 수준이 되었다.

어디 보자.

방금 얻은 보너스 포인트는……?

'이번에도 마력에 투입하는 게 낫겠어.'

[알림 : 마력 스탯이 1만큼 올랐습니다.]

[정보 : 마력 스탯의 총합이 85가 되었습니다.]

페이즈2가 시작된 뒤로, 나는 피지컬 스탯보다는 멘털 스탯에 조금 더 집중하기로 했다.

이 또한 게이트 바깥에서 활동하느라 마력 회복이 더뎌진 상황을 고려해서 결정한 성장 방향이었다.

'그리고 지금은 개인 역량보다 다른 헌터들과 함께 하는 경우가 많으니까 마법 운용에 신경을 써야 돼.'

요즘 나는 혼자일 때가 거의 없었다.

"원호야, 서북쪽은? 별문제 없었느냐?"

"예, 엘리트 수준의 오크들이 좀 돌아다니긴 하는데, 아직 따로 세력을 이루고 있는 것 같지는 않습니다."

"그렇다면 다행이구나. 동쪽 전선에서는 트롤들이 광폭화 상태로 동족 포식까지 일어나고 있다더구나. 시간이 좀 걸릴 모양이야."

"야! 최원호! 밥 먹자! 다 식는다!"

정석진 마스터와 춘향 선배가 내 옆에 찰싹 달라붙어 있었다.

고개를 돌려보니 불을 피웠는지 하얀 연기가 모락모락 올라오고 있었다.

"아니, 그래도 작전 상황인데 불을 피우는 건……."

"내가 체크했으니 괜찮을 거다. 내 탐색 범위 안에는 아무것도 없어. 원호야, 너도 가서 불 좀 쬐거라. 안색이 안 좋아."

"……예."

그럴 수밖에 없는 일이었다.

페이즈2가 시작되고 벌써 3달이 넘는 시간이 흘렀고 150이라는 레벨을 달성했지만, 나는 전혀 기쁘지 않았다.

오히려 한숨을 내쉬고 있었다.

이제 퀸쿼러스는 해체된 거나 다름없으니 더 이상 걱정거리가 아니었다.

그보다는 이 전쟁 자체가 지독하게 느껴졌다.

주둔지로 돌아가자 그 참상이 드러났다.

"끄으으……."

"뭐 하고 있어? 빨리 피 가지고 와서 수술 시작해!"

"헌터님? 정신 차리세요! 지금 마력을 가라앉히셔야 치료 시작할 수 있어요!"

오늘 발생한 부상자들과 그들을 치료하는 회복술사들이 악다구니를 치고 있었다.

하지만 근처를 지나다니는 헌터들은 담담한 표정으로 나에게 인사를 건네 왔다.

"연합장님 오셨습니까?"

"예, 다들 식사는 하셨습니까?"

"입맛이 없어서요. 하하."

"……."

일상이 되어 버린 것이다.

세 달이 넘도록 이어지는 섬멸전에 헌터들은 빠르게 마모되어 가고 있었다.

그때 춘향 선배가 다가와서 나에게 음식이 가득 담긴 식판을 내밀었다.

"자! 먹어! 맛있게! 내가 특별히 고기 좀 더 담았어! 내 맘 알지?"

그나마 활달함을 잊지 않은 사람 중 하나였다.

덕분에 잠시 미소를 지었다.

"네, 고마워요. 선배. 미안하고."

"으응? 갑자기 뭔 소리야! 밥이나 먹엇!"

춘향 선배는 얼굴이 벌겋게 되더니 어디론가 도망쳤고, 나는 숟가락을 쥔 채 생각에 잠겼다.

'겨울이 왔으니 다들 집에 보내 줘야 할 텐데.'

도통 끝이 나질 않는다.

내가 1차 목표로 삼았던 개성 점령은 1주일도 걸리지 않고 어렵지 않게 해냈다.

그러나 그 이후가 문제였다.

평양까지는 한 달이라는 시간이 걸렸고…….

중국과 접하고 있는 평안북도는 아직 밟아 보지도 못했다.

국경 부근에서 몬스터들이 계속 쏟아져 내려오고 있는 탓이었다.

중국 쪽에서 차단을 해야 하는 문제였다.

—백수현, 미안하지만 우리도 랴오닝성을 탈환하지 못하고 있다. 오히려 한국 쪽에서 우릴 도와줬으면 좋겠는데…….

하지만 레이황도 전혀 엄두를 내지 못하고 있는 상황.

남하하는 몬스터들은 끊이지 않고, 헌터들은 지쳐 갔다.

도무지 끝이 보이지 않는 싸움에 진격 속도가 점점 느려지는 것은 당연한 일이기도 했다.

'헌터들이 초인처럼 보이지만, 사실은 심리적인 요인에 영향을 많이 받으니까. 높은 경지에 도달했을수록 더 그렇고.'

결론적으로 이 상태로는 오래 버티지 못할 것이다.

피폐해진 헌터들을 바라보며 나는 한숨을 내쉬었다.
'어쩐다.'
새로운 소식이 전선에 전해진 것은 바로 그때였다.
"마스터! 급히 드릴 말씀이 있어서 왔습니다!"
전력으로 비행 마법을 펼쳐서 날아온 듯 무척이나 창백해진 얼굴의 헌드레드.
그의 곁에는 율탄의 클랜 마스터, 워해머가 굳은 표정으로 함께하고 있었다.
"뭐지?"

"일본이…… 몬스터들에게 완전히 함락당했소."
워해머의 말이었다.
나는 헌드레드를 돌아보았고, 그 소식을 확인받을 수 있었다.
"예, 맞습니다. 한겨울 헌터님과 유광명 헌터님이 일본 내부 네트워크를 통해 확인해 주셨습니다."
결사단의 정보 자원과 유광명의 외교 채널이 교차로 검증했다는 뜻.
확실한 정보라는 이야기다.
"현재 일본 전역은 몬스터로 뒤덮여 있고, 헌터들은 대부분 사망했으며, 살아남은 민간인들은 배편을 이용해 바다로 탈출하고 있습니다."

일본인들이 보트피플이 됐다고?

"하지만 바다에도 몬스터는 있을 텐데……?"

"예, 바다 위에서 어마어마한 숫자가 희생당하고 있다고 합니다."

"지금은?"

"그게 마지막 정보였습니다. 현재는 저희 측 정보원들도 탈출 중입니다. 아마 가장 가까운 부산으로 인파가 몰릴 것으로 예상됩니다."

이런 미친…….

'텐류 그 자식은 별다른 대안도 없으면서 동해로 침투해서 차원 통로를 열려고 했단 말이야?'

자연스럽게 놈의 얼굴이 떠올랐다.

"존 메이든은? 그 자식은 일본이 그렇게 되도록 보고만 있었던 거야?"

"……예, 일단은 그런 것으로 보입니다."

"확실해?"

"사실 저희가 유럽 사정까지는 어느 정도 파악하고 있습니다만, 북미 측은 정보원들이 거의 없어서……."

100%는 아니란 말이군.

"하지만 일본 측에서 다른 도움을 받았다는 정황은 전혀 발견하지 못했습니다. 애초에 지원을 받았다면 이렇게 쉽게 무너지진 않았겠죠."

"하긴."

헌드레드의 말에 나는 고개를 끄덕였다.

"이인국 대통령도 이 사실을 알고 있나?"

"아직 아닙니다. 마스터께서 결정하실 수 있습니다."

"흠."

헌터들이 먼저 행동을 결정한다.

그리고 정부과 군대가 보조를 맞춘다.

몬스터들이 쏟아지는 시국에서 확립된 기묘한 지휘 체계였다.

그러니 내가 큰 방향을 결정해야 실무가 진행되는데, 사실은 방향을 지정하는 일이 가장 어려웠다.

이 손 안에 셀 수 없이 많은 사람들의 목숨이 달려 있다고 생각하면 머릿속이 아찔할 때도 있었다.

다행스럽게도 나는 유경험자였다.

고민은 깊었으나 야수계에서 왕으로 군림했던 경험은 빠르게 정답을 찾아냈다.

"……헌드레드, 지금 대마도도 몬스터들에게 점령당한 상태지?"

"대마도 말씀입니까? 예, 그런 걸로 파악됩니다."

"그래, 그럼 지금 1선 헌터들 중에 지원자를 받아서 후방으로 돌려. 그리고 대마도부터 공략한다.

"마스터, 그 말씀은……?"

"열도를 지원한다는 건 아니고. 해군 병력을 파견해서 일본 난민을 구조하되, 대마도 공략이 끝나면 전부 그 섬으로 보내. 그리고 식량 지원만 해 주고. 우리 땅으로 받아들이는 건 한국 국적자만. 알겠지?"

"……!"

"만약 혹시라도 난민들이 반발하면서 강제 상륙을 시도하면 무조건 발포한다. 해군이 거부하면 헌터들이 수행해."

"그렇게 하면 반인륜적이라는 구실로 반발이 적지 않을 텐데, 최원호 마스터께서는 감당하실 수 있겠소?"

워해머가 스윽 끼어들었다.

'반인륜이라…….'

나는 그를 바라보며 고개를 기울였다.

"지금 우리 세계에 감당할 게 남아 있기나 합니까? 그리고 인륜도 나눠 먹을 밥그릇이 있을 때나 가능한 것 아닙니까? 이 조치만으로도 충분히 베푸는 것이라고 생각합니다."

야수계에 가서 지원군을 요청했다가 거절당했을 때, 나는 늑대 여왕에게 모처럼 한 수 배웠다.

가장 우선적으로 지켜야 하는 게 무엇인지 정확하게 직시해야 한다.

그리고 다른 무엇보다도…….

'인간을 가장하여 침입하는 악마종 몬스터들을 걸러 내야 해.'

살아남아서 바다 위에 떠 있는 난민들이 정확히 몇 명일지 파악하기도 힘들뿐더러.

현재의 여건으로는 대한민국 여권을 소지한 사람만 살피기도 쉽지 않을 것이다.

"흠, 그럼 1선 헌터들을 빼서 후방으로 보내게 되면 북진 계획은 어떻게 되는 거요? 설마 포기하는 거요?"

새로운 질문을 던지는 워해머의 작은 눈이 반짝거리고 있었다.

"지금도 밀고 올라가는 것이 힘에 부치는 판 아니오? 병력을 나누게 된다면 전선을 유지하는 것이 고작이겠는데? 이대로 가면 우리도 일본 꼴이 나는 건 기정사실이라는 것 아시오?"

"아버지! 연합장님께 무슨 말씀입니까!"

그는 마치 나를 시험하듯 툭툭 질문을 던져 댔고, 불안한 표정으로 바라보던 헌드레드가 참지 못하고 끼어들었다.

하지만 나는 고개를 저었다.

"아니, 필요한 질문이지."

사실은 난민들에게 무슨 도움을 주네, 마네, 하는 문제보다도 이게 더 중요했다.

멸망까지 가 버린 일본 열도보다야 훨씬 낫지만 한반도 내부 사정도 무척이나 팍팍했다.

세계 전체가 전란에 휘말리며 모든 교역로가 사라진 상황.

화석 연료의 수출입이 뚝 끊어진 결과, 전력 생산은 마나 에너지를 이용하여 매우 제한적으로 이루어지고 있으며…….

원료 공급이 사라졌으니, 물건을 찍어 낼 공장들은 당연히 멈춰 있는 상태였다.

물자가 귀해지자 화폐의 가치는 추락했다.

물물 교환이 현재의 보통 거래 방식이었다.

그나마 범죄가 범람하지 않는 이유는 우리가 미리 식량 복사 아티팩트를 개발하여 생존에는 문제가 없기 때문이었다.

딱 그 정도의 환경이 유지되는 있는 수준.

'쏟아지는 몬스터들을 밀어내고 안전한 육로를 재건하지 못한다면, 모두에게 미래가 없다.'

그렇기 때문에 북진이 필수적인 수순이었다.

워해머는 그 대목을 지적하고 있었다.

"북진 계획은……."

나는 가만히 입을 열었다.

까맣게 반짝거리는 중년의 눈동자가 왠지 익숙한 느낌이다.

"폐기합니다."

그러자 부자(父子)의 표정이 딱딱하게 굳어졌다.

아버지와 아들을 나란히 놀리는 재미가 있네.

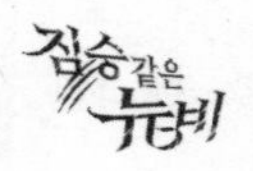

나는 피식 웃으며 한마디를 덧붙였다.

"폐기하고 전략을 바꿀 겁니다. 전면전은 중지하고, 유격전으로 가지요."

최원호의 결정은 일대 전환을 불러왔다.

300명으로 구성된 대마도 공략대가 급파되었고, 워해머의 지휘에 따라 대마도에서 몬스터들을 섬멸하는 것에 성공했다.

그런 뒤에 해군 함정들이 일본 난민들을 실어 나르기 시작했다.

여기까지 걸린 시간이 24시간.

예상했던 문제가 벌어지기 시작한 것은 바로 그 직후였다.

"뭐야! 이 비좁은 쓰시마섬에 도대체 몇 명이나 집어넣으려는 거야!"

"한국 국적을 가진 사람만 부산으로 들어갈 수 있다고? 말도 안 돼. 이건 국제법 위반이야!"

"너무해요! 한국은 피란민을 불쌍히 여기지 않는 건가요? 헌터 강국이잖아요! 우리도 한국에서 살게 해 주세요!"

방금까지 바다 위를 떠돌다가 간신히 구명줄을 잡은 민간인들은 대부분 기진맥진한 상태였다.

하지만 이상할 정도로 에너지가 넘치는 사람들도 몇몇 있었다.

배급된 식량에는 손도 대지 않고 군인들을 향해 삿대질을 해 대는 일본인들.

통역을 대동한 해군 장교들은 인상을 찌푸리면서도 그들을 다독였다.

"아, 이러시면 곤란합니다. 우리 한국 해군이 여러분을 구조한 것도 상당한 위험을 감수한 겁니다. 소란 일으키지 마시고, 저희의 통제에 따라 주시기 바랍니다."

그래도 군인들은 되도록 좋은 말로 난민들의 불만에 대응하려고 했다.

하지만…….

"칙쇼! 저리 비켜! 난 수영을 해서라도 부산으로 들어가야겠으니까!"

"어이, 어이! 내가 누군지 알아? 우리 아버지가 참의원이셨어! 당장 부산으로 안내해!"

"왜! 왜애앳! 여기 아이가 있잖아요! 지금 열이 나고 있단 말이에요! 치료를 받게 해 줘야지요!"

그들은 물러서지 않았다.

타고 왔던 모터보트에 다시 오르더니 북서쪽으로 방향을 잡는 이들까지 있었다.

"……하."

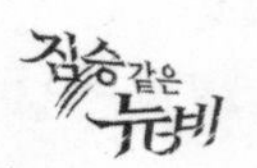

헌드레드는 한숨을 내쉬었다.

그래도 사람을 구하는 일이니 좋은 마음으로 임하려고 했는데…….

'물에 빠진 사람 건져 주면 보따리 내놓으라고 한다더니, 딱 그 모양이잖아? 진짜 마스터가 말씀하셨던 대로 착착 돌아가는구나.'

만약 통제에 불응한다면 무력 사용까지 허가된 상황.

"아저씨, 그거 시동 걸지 마세요! 야메떼구사다이!"

"닥치지 못해? 건방진 쵸센징들!"

"……아오, 미치겠네. 완전 꼴통이잖아? 헌터님들, 이거 어떡합니까? 지, 진짜, 정말 발포합니까?"

아무리 그래도 군인으로서 민간인을 공격하는 것은 절대로 금기되는 행동이었으니, 해군 장병들은 머뭇거리고 있었다.

"제가 처리하겠습니다. 물러서십시오."

헌드레드는 모터보트를 놓고 해군들과 실랑이를 하고 있는 일본인 남성에게 성큼성큼 다가갔다.

"통역 좀 해 주십시오. 전 클로저스 클랜의 세컨드 헌터인 헌드레드라고 합니다. 귀하는 지금 우리나라의 군대와 헌터들이 제공하는 인도주의적 구호 행위에 지장을 초래하고 있습니다. 만약에 통제에 응하지 않으면……."

"세칸도 한타? 닥쳐! 닥치라고!"

"……흠."

헌드레드에게도 민간인을 상대로 힘을 사용하는 것은 절대로 기꺼운 일이 아니었지만…….

'어쩔 수 없지. 마스터가 그렇게 지시하셨으니 나는 그대로 수행한다.'

최원호가 즐겨 사용하는 포박 권능과 비슷하게 마력을 부여하여 강화한 밧줄을 이용하여 상대를 묶어 버릴 심산이었다.

마력 각성자, 그것도 헌터 자격 소지자가 비각성자에게 힘을 사용하는 것은 법률에 의해 철저하게 금지된 행위였으나, 지금은 그저 무의미했다.

당장 최원호만 하더라도 기자 한 사람을 초주검으로 만들고도 아무런 제재도 받지 않았다.

하물며 같은 한국인도 아닌 일본인이라면야.

"저리 비켜! 내 배에서 내리란 말이야!"

"……당장 바다로 던져 버린다고 해도 상관없겠지."

[스킬 : '바인딩'.]

촤르륵—!

"악! 이놈들이 감히! 쵸센징들은 민간인을 이런 식으로 대하는 것인가……!"

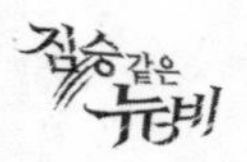

'아, 던지고 싶다.'

물론 민간인을 바다로 던져 버릴 생각은 추호도 없었다.

다소 짜증은 나더라도, 일단은 묶어 두기만 할 생각이었다.

'더 떠들면 입을 막는 것까지 고려해 봐야겠……?'

그런데 워해머가 불쑥 끼어들었다.

"아들, 잠깐 비켜 봐라."

"……예? 어, 어어! 아버지? 아버지이!"

성큼성큼 걸어온 그는 중년 남자를 홱 낚아채서 들어 올렸다.

그리고 솥뚜껑 같은 손바닥으로 머리통을 짓누르기 시작했다.

"끄아아악!"

남자가 비명을 내질렀다.

워해머의 손등에서는 핏줄이 툭툭 불거지고 있었다.

그의 갑작스러운 행동에 해군들과 헌드레드가 모두 뜨악했던 그 순간.

콰자자자작———!

"세상에. 대체 뭐야, 저게?"

"아버지! 사람 머리가 부서지잖아요! 어? 아니, 뭐지? 저렇게 부서지면 안 되는 건데……?"

일본인 남성의 얼굴이 조각조각 갈라지기 시작했다.

마치 삶은 달걀의 껍데기가 부서지며 하얀 내용물이 안에서 나오는 것처럼 보이기도 했다.

창백한 얼굴의 악마가 미소를 지어 보였다.

"크흐흐흐, 알아차렸나? 칭찬해 주마. 하등한 인간 치고는 제법 눈썰미가…… 컥!"

"입을 여니 유황 냄새가 나는군. 내가 참아 줄 성싶은가?"

상대의 머리통을 붙잡고 있던 워해머는 그럴 줄 알고 있었다는 듯이 그대로 주먹을 꽂아 넣었고, 악마는 턱이 부서지면서 그대로 절명했다.

[안내 : 등급을 알 수 없는 몬스터 '상급 형악마종 말라투르'를 처치했습니다!]

푸스스스…….

"흠, 최원호 마스터의 판단이 옳았군. 일본인 난민들 사이에 악마들이 적잖이 끼어 있는 듯하다."

"형악마종……!"

워해머의 말에 헌드레드가 입술을 깨물었다.

민간인들 사이에 악마들이 끼어 있다면, 이건 정말 보통 일이 아니었으니까.

"뭐, 악마야 잡아내면 될 일 아니냐? 그보다 입국을 통제하길 참 잘했어. 역시 최원호로군. 너는 악마종을 구별할 효

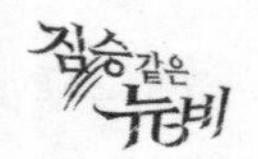

율적인 방법을 생각해 봐라, 아들."

아버지는 그 말을 남기고 사라졌고, 헌드레드는 난민들을 바라보며 혀를 내둘렀다.

'정말 마스터는 여기까지 내다보셨구나.'

그나저나 사람들 사이에 숨어 있는 악마종을 구별할 방법이라.

"어쩐다……?"

헌드레드는 희미한 두통을 느끼며 생각에 잠겼다.

가장 엄혹한 추위는 사람들이 방심했을 때 찾아오기 마련이다.

2월이 바로 그런 시기였다.

주먹만 한 함박눈이 무너진 도시의 폐허 위로 쌓이는 가운데, 군용 막사가 서 있었다.

"아, 오셨습니까. 기다리셨겠군요."

"아닙니다. 저도 방금 왔습니다."

내가 막사 안으로 들어서자 미리 와 있던 노년의 신사가 몸을 일으켰다.

이제는 육군 야전상의가 꽤 잘 어울리게 된 이인국 대통령.

피로와 스트레스로 인해 부쩍 늙어 버린 노인은 나를 향해 씁쓸한 웃음을 지어보였다.

"평양에 이런 식으로 오게 될 줄은 전혀 예상하지 못했습니다. 정말 아무것도 없는 폐허가 되어 버렸군요. 허허."

……아무것도 없는 폐허가 된 평양.

구석구석에 몬스터들이 돌아다니고 있었으니 나로서는 완전히 동의할 수 없었지만, 대통령의 입장에서 본다면 맞는 말이었다.

사회 기반 시설은 초토화되었고 살아 있는 것은 몬스터들에게 전부 잡아먹혔다.

2페이즈의 개시와 함께 게이트가 일제히 역류를 일으킨 순간, 평양과 평양 주민들은 문자 그대로 삭제당했다.

나는 한숨을 내쉬었다.

"시가지 중심에 S등급 게이트가 하나 서 있었던 것 같습니다. 쏠쏠하게 마력석 채취를 할 수 있으니 오랫동안 남겨 두었던 것 같은데……."

"S등급 게이트라니, 그게 멸망의 단초가 되었겠군요."

"예, 외곽에 있는 A등급 게이트들도 동시에 터졌을 테고, 아마 뭘 해 보기도 전에 모조리 역류에 빨려들어 갔거나 마력 폭발에 찢겨 버렸을 겁니다. 간신히 살아남았더라도 몬스터들을 상대할 수가 없었겠지요."

"……."

피해 규모는 감히 추산할 수도 없을 정도였다.

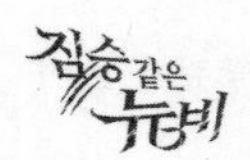

어차피 북한 지역 전체가 초기화되고 몬스터로 가득 채워진 진짜 마굴이 되어 버렸으니, 피해를 집계하는 것 자체가 무의미한 일일지도 모르겠다.

"지하철 시설은 거의 온전하게 남아 있습니다. 물론 아직도 몬스터들이 돌아다니고 있어서 들어가 보실 순 없겠습니다만."

"허허, 언젠가 몬스터 일소 작업이 완료되고 둘러볼 수 있으면 좋겠군요."

"예."

"……그럼 이제 '계획'에 대해 말씀해 주시겠습니까?"

대통령의 말에 나는 천천히 고개를 끄덕였다.

일본이 붕괴되었다는 소식을 들은 뒤, 나는 북진을 중단하고 헌터들을 나누기로 결정했다.

그리고 최전선에서 평양으로 내려와서 대통령을 호출했다.

새로운 계획을 논의하기 위해서였다.

이 지리멸렬한 전쟁을 끝낼 계획.

"진세희 헌터…… 아니, 자하르. 들어와."

내가 목소리를 내자 그녀가 막사 안으로 들어섰다.

"반갑군. 인간 세계의 위정자여."

"자하르……?"

낯선 이름과 그보다 더욱 낯선 말투.

이인국 대통령의 얼굴에 물음표가 와르르 찍히는 것이 보였다.

“최원호, 어디서부터 이야기를 하면 좋을까.”

“흠, 먼저 진짜 ‘너’에 대해 설명하고, 너희 세계에서 겪었던 이야기를 하면 괜찮을 것 같은데?”

“그래, 알겠다.”

의아한 표정의 이인국에게 우리는 이야기를 시작했다.

“……그래서 진세희라는 인간의 몸을 이용해서 이곳에 있게 된 것이다. 이해했나?”

“아, 예……. 알겠습니다. 이해했습니다.”

이인국 대통령에게 자신에 대해 설명하기를 마친 그녀는 가만히 생각했다.

‘뭔가 대답이 시원찮군. 하긴 평범한 인간은 마법조차 사용할 수 없다지? 타계의 존재를 곧이곧대로 믿는 것도 어려운 일이겠어.’

타 종족에게 이런 이야기를 하는 날이 오리라고는 자하르 자신조차도 예상치 못했다.

녹왕 자하르.

거인족의 왕위를 계승했던 위대한 격의 소유자.

지금은 원세계로 돌아갈 수 없게 되어 버린 차원의 유랑자.

'내가 봐도 기구한 운명이군.'

자하르는 쓴웃음을 지으며 다음 주제로 들어갔다.

"나는 '우'라고 불리는 거인계의 통치자였다. 우리 거인들의 세계는 하나의 거대한 대륙으로 이루어져 있었으며……."

이엘린 왕녀가 '카이아도르'라는 엘프 일족의 왕위를 계승할 내정자였다면, 자하르는 이미 거인계 전체를 지배하던 제왕이었다.

장수종답게 물경 300년이나 이어 온 치세.

그러다가 게이트가 열렸다.

거인종 헌터들은 치열하게 싸워서 마지막 세 번째 페이즈까지 도달했다.

하지만…….

"결론부터 말하자면, 우리 세계는 패배하였다."

"아니, 어째서……?"

"어느 순간부터 게이트가 늘어나는 속도를 따라잡을 수가 없었기 때문이다. 불패에 가까운 헌터 전력을 보유하고 있었으나, 속도전에서 밀렸던 게지."

"자하르 님의 세계에서도 차원 역류가 일어난 겁니까?"

"그렇다. 너는 고작 일국의 위정자이니, 세계 단위의 사건에 대해서는 깊게 생각해 본 적이 없을 것이다. 하지만 이제는 깨닫고 있지 않느냐? 쏟아져 나온 몬스터들은 세계 전체를 경색시킨다. 그리고 종양이 되어 모조리 먹어치우는 것이다. 그곳의 땅과 살, 모두를 남김없이.”

“…….”

자하르의 말에 이인국의 눈빛이 낮게 가라앉았다.

이야기를 듣던 처음엔 진세희 헌터가 드디어 미쳐 버린 건가 했었지만…….

‘그래, 믿지 못할 것도 없지.’

종양처럼 세계가 먹힌다는 이야기.

사실이었다.

불과 3개월 남짓에 불과한 시간이었지만, 2 페이즈가 시작된 뒤로 세계는 빠르게 죽어 가고 있었다.

당장 접경하고 있는 북한과 바다 건너의 일본의 소멸이 그 증거였다.

이대로라면 세계 전체가 잡아먹히는 것도 시간문제에 불과했다.

“결국 보스 몬스터를 사살해야 한다.”

자하르의 입에서 ‘해답’이 흘러나왔다.

“차원 역류로 쏟아져 나온 수많은 몬스터들 중에서도 지휘권을 가지고 있는 개체. 이 세계를 정복하여 식민지로 만들려고 하는 야욕을 가진 놈들을 없애야 몬스터 웨이브를 끝낼 수 있다.”

"보스 몬스터와 몬스터 웨이브……."
잠시 생각에 잠긴 이인국.
그러다가 의문이 담긴 시선이 최원호에게 던져졌다.
"최원호 마스터, 이 이야기는 일전에 말씀하셨던 계획과 비슷하게 들립니다만, 제가 뭘 착각하는 겁니까?"
"……."
"……."
두 헌터의 눈빛이 공중에서 교차했다.
이제 본론이 나올 차례였다.
"맞습니다, 대통령님. 제가 개전 초기에 비슷한 말씀을 드렸지요. 북쪽으로 밀고 올라가서 보스 몬스터들을 사살해야 한다고 말씀드렸었습니다."
"예, 기억합니다. 지금도 똑같은 말씀 아닙니까?"
"같지만 다릅니다."
"예?"
"목표는 같지만 가는 길이 달라졌습니다."
최원호가 세웠던 애초 계획은 섬멸전이었다.
일대 전선을 형성하여 한꺼번에 북진하며 몬스터들을 일소하고 각 세력의 보스 몬스터들을 포위하여 소거하는 형태의 작전.
최대한 많은 헌터들을 동원하여, 최대한의 몬스터들을 사냥하면서 경험치와 마력석을 획득하는 동시에, 작전을 수행하는 헌터들의 피해를 최소화시키는 가장 안정적인 전법.

“하지만 예상했던 것보다 몬스터들이 너무 많이 쏟아져 나오고 있습니다. 헌터들의 레벨 업이 이루어지는 속도보다 전투 피로도가 쌓이는 속도가 더 빨랐고…… 결국 감당하기 어려운 상황에 도달했습니다.”

게다가 일본이 붕괴되며 바다를 통해 몬스터들이 유입될 가능성까지 생겼다.

그렇기에 최원호는 결단을 내렸다.

“현 시간부로 섬멸전은 중지하겠습니다.”

“예? 아니, 그러면 어떻게……?”

“전선은 방어 형태로 전환하고, 제가 소수 정예 공격조를 편성하여 직접 북쪽으로 침투하겠습니다.”

“……!”

최원호의 말에 이인국은 할 말을 잃었다.

그는 한참이나 망설이다가 너털웃음을 지었다.

“새로운 형태의 북파 공작원이시군요. 20세기와는 달리 대통령의 허가가 필요한 경우는 아니겠습니다만.”

“북파 공작원이라……. 뭐, 비슷하네요. 현지에서 실패하면 살아서 돌아올 길이 요원하다는 것도 비슷하고.”

“제 입장에서는 역사적으로나 현실적으로나, 감히 추천하고 싶지 않은 길입니다. 최원호 마스터.”

하지만 최원호는 씩 웃었다.

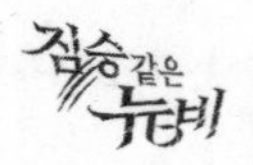

"대안이 없습니다. 누군가는 가야 합니다."

"그건……."

도저히 부정할 수 없는 말이었다.

헌터 병력이 전후방으로 나뉘고, 전투의 피로도가 한계까지 도달한 지금.

전면전 대신 유격전을 택한 최원호의 결정에는 다른 대안이 없었다.

"……최원호 헌터님."

몸을 일으킨 이인국 대통령이 최원호를 향해 고개를 숙였다.

"조국이 당신의 결단과 용기를 기억할 것입니다. 주제넘지만, 대한민국을 대표하여 감사드립니다."

"……예?"

그 말에 최원호는 뺨을 긁적였다.

"저 아직 안 죽었습니다. 그런 건 국립묘지에 묻을 때 하는 말 아닙니까?"

그러자 이인국이 장난스럽게 웃었다.

"말 나온 김에 한 가지 알려 드리자면, 요즘 서울이나 대전이나 현충원에 자리가 없습니다. 그러니까 살아서 돌아오셨으면 좋겠습니다. 저희의 행정적 편의를 위해서 말입니다."

"하하."

죽을 만큼 위험하다는 것은 알고 있다.

하지만 살아서 돌아오라.

이유야 어쨌든, 그곳에서 죽지 말라…….

일반인의 입장에서 헌터에게 건넬 수 있는 최대한의 덕담일지도 모르겠다.

최원호는 싱긋 미소 지었다.

"예, 알겠습니다. 귀찮은 일 만들지 않도록 살아서 귀환해 드리겠습니다."

"감사합니다."

변경된 계획에 대한 이야기를 마친 최원호는 자하르와 함께 몇 가지 안건에 대해 더 논의했다.

그리고 말미에는 이인국에게서 새로운 소식 하나를 전해 들었다.

"……김서옥 전 청장 말입니다."

신인류의 준동과 함께 존 메이든에게 달려가 버린 교활한 노파.

"지금 괌에 있는 것 같더군요. 필리핀에 있던 김서옥의 친지들이 일제히 비행기를 타고 움직이는 것이 국정원 정보망에 포착되었습니다."

필리핀 해 동쪽에 자리한 괌 섬은 한국에서 가장 가까운 미국의 영토다.

"거기서 한국 상황을 지켜보고 있는 모양입니다. 어쩌면

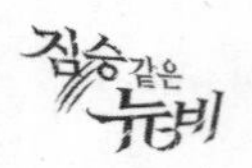

조만간 김서옥이 아시아 상황에 직접 개입하려고 할지도 모르겠습니다."

"흠, 그렇군요."

기회가 닿는다면 머리통을 터트리고 싶은데.

"그런데 괌에서 한국 상황을 어떻게 지켜보고 있다는 겁니까?"

"음, 아무래도 국내에 눈과 귀가 되어 주는 세작이 있는 듯합니다. 일단 우리 정보기관의 판단은 그렇습니다."

국내에 김서옥의 끄나풀이 있다……?

'설마?'

순간 뇌리를 스치는 예감이 있었다.

'확인해 봐야겠군.'

대통령을 서울로 돌려보낸 뒤, 최원호는 유광명을 호출했다.

이제 와서 유광명이 김서옥의 끄나풀이라고 생각하는 것은 아니었다.

개전 초기부터 미리 준비했던 미끼.

"유광명 헌터, 김자형에게 미행을 붙여 놓았던 것을 확인해 주십시오. 어쩌면 그놈이 김서옥과 내통하고 있을지도 모릅니다."

"김서옥……! 크흠, 알겠네!"

북쪽에서 무사히 살아 돌아온다면 의외의 수확 하나를 건져 낼지도 모를 일이었다.

도윤수가 눈을 뜬 것은 약 한 달 전의 일이었다.

하지만 아직 제대로 거동하지는 못하는 상태.

당장 전선에서 물러날 수 없는데다, 통신마저 열악하여 그의 병상을 확인할 수 없었던 최신우는 피가 바짝바짝 마르는 기분이었다.

그러다가 최원호가 전법을 바꾸기로 결정하며 상황이 변했다.

잠시나마 서울로 내려가 볼 수 있게 된 것이었다.

하지만…….

"오빠……."

"인마, 왜 죽상을 하고 있어? 이제 서울 내려가서 윤수 볼텐데 좋은 거 아냐? 신나게 엉덩이 춤 추면서 가라고!"

복잡한 표정의 여동생에게 최원호는 낄낄 웃음을 짓고 있었다.

"나, 농담할 기분, 아니야."

반면 최신우는 치밀어 오르는 울음을 참느라 말이 띄엄띄엄 나올 지경이었다.

그녀는 벌겋게 된 눈동자로 최원호를 바라보았다.

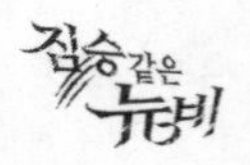

"죽지 마. 안 죽겠지만, 죽지 말라고."

"오냐, 걱정 말고 윤수나 잘 챙기고 있어. 틈틈이 전방 나와서 렙 업도 신경 쓰고."

"알았어. 제발 몸조심해. 저희 오빠…… 잘 부탁드릴게요. 다들 다치지 마시고요!"

침투조로 선발된 헌터들은 최원호를 포함하여 총 여섯 명.

선봉인 최원호와 함께 이규란과 채윤기가 전위를 맡았고, 이엘린, 정석진, 봄향이 후위를 맡기로 했다.

이제 클로저스 연합은 한반도 전역에 흩어져 각자의 임무를 맡고 있었기에, 다른 이들과 작별 인사를 나눌 일은 없었다.

딱 한 사람만 제외하고…….

"……백수현 오빠."

한겨울.

이제는 최원호의 본명이 만천하에 공개되었음에도 불구하고, 소녀는 꿋꿋하게 옛 가명으로 그를 부르고 있었다.

그녀는 최원호의 팔뚝에 하얀 손가락을 올리며 말했다.

"다치지 마세요. 그리고 저희 아버지는 그만 잊어버리세요."

'올노운을 잊으라고……?'

선택하는 뉴비

유격전. 혹은 게릴라전.

화력으로 이루어진 선의 대결을 벗어나, 그 선 너머로 점을 찍고 뻗어 나가는 고독한 형태의 전투.

적진에 스며든 이상, 기도비닉은 당연한 문법이 되고 퇴로는 사치가 된다.

애초에 돌아갈 길이 없다고 가정한 채 가장 깊숙한 곳으로 들어가는 선택밖에 남지 않는다.

춘향 선배가 속삭이듯 입을 연 것은 어슴푸레한 새벽.

"있지. 한겨울 헌터, 왜 그런 말을 했을까?"

"……."

침투가 시작된 지 이틀째.

정석진 마스터가 근방의 안전을 확인한 다음의 일이었다.

“글쎄요. 왜 그런 말을 했을까요.”

그건 나 역시 의문이었다.

‘아버지를 포기해라……. 갑자기 왜?’

“흐음, 원호 네가 발목을 잡힐 것 같아서 그랬던 게 아닐까? 뭔가 포기해야 하는 순간이 온다면, 올노운 님을 구하는 것에 집착할 필요는 없다? 뭐 그런 뜻이려나?”

춘향 선배의 말이 맞을지도 모른다.

전쟁이 진행되는 동안 나는 올노운의 행방에 대한 몇 가지 가설을 세워 두었다.

개중 몇 가지는 이미 폐기되었지만, 여전히 가능성이 남아 있는 것들도 있었다.

대충 두 가지 정도.

첫 번째는 한성우가 존 메이든에 의해 봉인되었으리라는 예상이었다.

‘두 사람은 처음부터 결사단의 가장 거대한 눈들이었고, 그 이전부터 동료이며 친구였다고 했으니까…….’

그러므로 서로를 무자비하게 척살하기보다는, 죽은 것도 산 것도 아닌 상태로 만들어 어딘가에 얌전히 가두어 놓았을 가능성이 있었다.

물론 위험 관리 차원에서 보자면 그리 현명한 선택이 아니었지만 말이다.

그리고 두 번째 가능성…….

'어쩌면 인간계를 이탈해서 다른 차원에 갇혀 있는 상태일 수도 있겠지. 내가 야수계에 들어갔던 것처럼 말이야.'

신인류는 디멘션 하트들을 긁어모아서 닥치는 대로 차원 통로를 개설하고 있었다.

앞뒤 사정은 모르겠으나 한성우 또한 다른 차원으로 휘말려 들어갔을 가능성을 배제할 수는 없었다.

물론 어디까지나 가설에 불과했다.

'한겨울에게 계승이 이뤄지지 않는 걸 보면, 한성우가 살아 있는 건 확실한데…… 이상할 정도로 단서가 없어.'

결국 존 메이든이나 김서옥을 잡아 내야만 전모를 알 수 있다.

나는 눈발이 휘날리기 시작하는 산야를 바라보며 입을 열었다.

"선배, 한겨울이 무슨 생각으로 그렇게 말했는지는 모르겠지만, 나한테는 뭔가 포기하고 그런 거 없어요. 알잖아? 그러니까 한겨울한테 아버지를 찾아 주는 것도 포기할 수 없어요."

"……으응."

옆으로 고개를 돌리자 춘향 선배의 얼굴이 붉어져 있는 것이 보였다.

"하긴 최원호는 근성이니까! 영구 근성은 내가 잘 알고 있지! 하하, 하하하.”

“흐음?”

갑자기 왜 사람이 고장 난 거지?

춘향 선배는 엉뚱한 소리를 지껄이기 시작했다.

“야, 근데 한겨울 헌터는 아직 열아홉 살이야. 알지? 너 혹시라도 흑심 품거나 그러면 아주 주옥되는 거야. 알겠어?”

나는 한숨을 내쉬었다.

하, 이 망상 분자가 질투를 하고 있었군.

“쓸데없는 소리 하지 마요, 선배.”

“알았어. 어휴, 추워.”

“원래 2월이 추워요.”

“봄이 오기 직전이 가장 춥긴 하지? 뜨끈한 국밥 한 그릇 하고 싶어라…….”

“가서 전투 식량이나 먹죠.”

몬스터와의 첫 조우는 환한 대낮에 이루어졌다.

꽤 멀리 떨어진 곳에서도 선명하게 느껴지는 존재감들.

이건 일반 몬스터가 아니었다.

“…….”

나는 말아 쥔 주먹을 머리 높이로 들어 올리며 발걸음을 멈추었고, 등 뒤를 따르던 채윤기가 옆으로 따라붙었다.
우리가 주고받은 수신호는 간단했다.
'정찰할까?'
'조심해서.'
그러자 채윤기와 이규란이 나란히 나섰다.
2페이즈 직전의 강행군과 100일 동안의 전면전을 거치며, 두 사람은 레벨 110 내외로 비슷한 수준을 갖추게 되었다.
내 지시에 따라 민첩과 체력에다 중점적으로 스탯을 쌓았고, 감지 능력 또한 출중했기에 정찰 임무에는 제격이었다.
스윽, 스윽.
발걸음 소리를 극도로 줄인 두 사람은 왼쪽과 오른쪽으로 갈라져 숲으로 들어섰다.
나는 등 뒤의 마법사들에게 새로운 수신호를 보냈다.
'공격에 대비할 것.'
'마력 발출은 금지함.'
어떤 몬스터들은 극도로 예민해서 탐지 마법 자체를 읽어 내기도 한다.
또는 다가오는 마법사들의 존재를 육감으로 알아차리고 원점 폭격을 시도하기도 한다.
그렇기에 나는 마법 자원들을 전부 방어력으로 돌려 놓고, 정찰조를 직접 움직이는 것을 택했다.
"……."

"……."

흡사 얼음장 같은 침묵이 흐르던 그때.

"컥!"

억눌린 비명이 새어 나왔다.

채윤기가 나아간 쪽이었다.

'이런.'

나는 즉시 해청의 칼자루를 붙잡으며 숲속으로 신형을 쏘았다.

정찰조는 멀리 가지 못했다.

"끄어억."

일렁거리는 검은 그림자에게 목이 졸린 채 버둥거리는 채윤기가 보였다.

'점악마종!'

다시 만난 놈들은 전혀 반갑지 않았다.

하필 악마들이라니.

나는 검을 뽑으면서 힘을 전개했다.

[권능 : '화산 원숭이의 분신술'.]

[스킬 : '광성천검'.]

투두두두두---!

5개로 분화한 육체들이 일제히 행동에 들어갔다.

가장 먼저 채윤기를 잡아채 떼어 내고, 점악마종을 향해 검을 내지르며, 전방과 후방을 향해 각각 몸을 날렸으며…….

'이규란은 어디 있지? 그쪽 방향은 괜찮은 건가? 우회해서 이동할 수 있나?'

당장 빠져나갈 길을 찾기 위해서 움직였다.

악마종은 본질적으로 영악하며 전략적인 몬스터들이다.

특히 고위 등급에 속하는 점악마종이 이곳에 있다는 것…….

'어쩌면 미니 보스 중에서도 최상급에 해당하는 놈이 돌아다니고 있을지도 모른다.'

지금은 몬스터들과 최대한 부딪치지 않고, 단 한 발짝이라도 더 북쪽으로 올라가야 하는 시기였다.

나는 다섯 번째 분신을 통해 이규란을 찾아낼 수 있었다.

그녀는 가만히 발걸음을 멈춘 채 전방의 숲을 노려보는 중이었다.

'길이 열려 있어? 그럼 다른 놈은 없는 건가? 아까 그건 단독으로 움직이는 개체였을까?'

나는 수많은 생각을 떠올리며 이규란에게 분신을 가까이 붙였다.

그녀가 벼락처럼 칼을 뽑아서 휘두른 것은 바로 그 순간.

……서걱!

다름 아닌 내가 만든 분신의 목이 단칼에 잘려 나간 것이었다.

이규란은 정말이지 가차 없이 베어 버렸다.

그러더니 스스로 한 일에 경악했다.

"……어, 으어어. 으아악!"

본인이 진짜 날 베었다고 생각하고 있는 걸까.

아니면 다른 뭔가를 보고 있는 걸까.

'아래도 환영을 보는 모양인데?'

나는 한숨을 내쉬었다.

악마들 중에서도 꽤 상위 개체에 속하는 놈이 벌써 가까이 와서 휘젓고 다니고 있는 모양이다.

"그럼 기도비닉은 물 건너갔군."

나는 해청을 집어넣고 세비지 에너지를 끌어 올렸다.

이래서야 시선을 모으게 되겠지만, 일단은 어쩔 수 없는 일이었다.

[권능 : '유령 흑사자의 송곳니'.]

콰가가가가가가---!

상공으로부터 보이지 않는 거대한 송곳들이 빗발치며 숲을 후려치기 시작했다.

가히 원초적인 파괴.

황급히 내 뒤를 따라온 정석진 마스터가 그 광경을 보며 고함을 내질렀다.

"버, 벌써……!"

나도 알고 있다.

조금 더 북쪽으로 숨어들어갈 수 있다면 훨씬 좋았으리라는 것을.

그러나 침묵을 지키며 싸울 수 있는 상대가 아니었다.

힘의 폭격에 숲이 초토화된 직후.

"……슬슬 나와, 이 새끼야."

그 순간, 시스템 메시지가 번쩍 떠올랐다.

[경고 : 미니 보스 '회색의 악마, 베이모디오그'가 등장합니다!]

베이모디오그.

무척이나 낯익은 이름에 혀를 찰 수밖에 없었다.

"어쩐지 찝찝하다 싶더라니. 역시 그 악마들이었군."

"그 악마들이라니?"

"2002년 러시아 시베리아에 열렸다가 차원 역류를 일으킨 EX급 게이트 '악마왕의 흑색 지옥'. 저와 올노운이 함께 갔었던 거기 말입니다. 베이모디오그는 그 게이트의 미니 모스입니다."

"……!"

내가 설명을 풀어놓자 정석진 마스터의 표정이 굳어졌다.

한때 인간계 전체에 영향력을 발휘하며 러시아 정치계와 군부를 장악했을 만큼 어마어마한 위세를 자랑했던 악마종.

신인류에 의해 제거되었음에도 지구의 여신은 여전히 그들을 두려워했다.

가히 재앙이라고밖에 표현할 길이 없는 몬스터들이 우리 앞에 재림했다는 뜻이었으니, 정석진이 긴장하는 것도 무리는 아니었다.

하지만 나는 달랐다.

"숲을 지워 버렸으니 베이모디오그가 나오더라도 충분히 해볼 만합니다. 그보다는 이규란과 채윤기를 거둬야겠는데요."

"그래, 그래야겠구나. 춘아!"

"……선생님. 제발 좀!"

이번 침투조에서 치료사 포지션은 춘향 선배의 몫이었다.

그녀는 제 호칭에 불만을 표하면서도 재빠르게 움직여 두 첨병을 대열 뒤로 데리고 왔다.

"허억, 허억."

"바, 방금 제가 벤 건……!"

"채 과장님, 천천히 심호흡해요. 천천히! 이규란 마스터, 방금 그건 정신 교란 마법이었어요. 지금은 괜찮죠? 시야가 일렁거리면 이거 마셔요. 자, 어서."

각자의 이유로 반쯤 정신이 나가 버린 두 사람을 다독이기 시작했다.

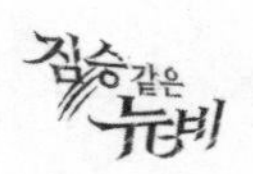

그리고 나는 놈이 다가오는 것을 감지했다.

"이엘린, 지원 사격해."

"예, 마스터."

"선생님, 최대한 빠르게 찢어 버리고 북쪽으로 달리면서 포위망을 피할 겁니다. 준비해 주십쇼."

"그래. 그러자꾸나."

말을 마치자 폐허가 된 숲 한복판에서 거대한 그림자가 일어나는 모습이 보였다.

마치 시커멓게 들끓는 불꽃처럼 보이는 놈.

〈뭔가, 익숙한 느낌……. 너, 누구냐……?〉

회색의 악마, 베이모디오그.

놈이 나를 향해 말을 걸어오고 있었다.

날 기억하는 건가?

하지만 돌려줄 수 있는 대답은…….

[권능 : '어린 수왕의 발톱'.]

해청의 칼날만큼이나 예리하게 벼려 낸 손끝.

'놈을 그대로 찢어발긴다.'

짐승의 왕으로서 가진 모든 본능을 끌어내어, 저 형태가 불분명한 악마를 향해서 모조리 쏟아붓는 것이다.

후욱--!

내 손을 떠난 세비지 에너지가 소리 없이 기폭했다.

정적으로 빚어진 칼날의 직진.

다음 순간, 베이모디오그의 본체가 소리도 없이 두 조각으로 찢겼다.

제법 거리가 있었음에도 불구하고 파괴는 완벽하게 수행되었다.

콰아아아앙!

그런 다음에야 굉음이 치솟으며 지면이 터지고 좌우로 뒤집혔다.

"허억."

괴이할 정도로 보이는 위력에 춘향 선배가 헛바람을 집어삼켰다.

'그럴 만하지.'

마치 그 순간의 시간 선을 역재생한 것처럼, 목표물이 먼저 타격을 입고 보이지 않는 칼날의 경로를 따라서 후폭풍이 뒤늦게 연결되는 듯한 모습.

이는 수왕이 휘두르는 절삭력의 고유한 특징이었다.

조준점을 향해 발현되는 파괴력과 그 영향력이 따로 행사될 만큼 강력한 직진성 때문이었다.

'그만큼 에너지를 퍼먹긴 해도, 수왕류가 강력하긴 해.'

두 갈래로 쪼개진 악마종이 괴성을 내지른 것은 바로 그 순간이었다.

〈그와아아악! 너……! 그놈! 그놈이로구나! 그 짐승도 인간도 아닌 잡종 같은 놈! 네가 어째서 이 세계에……!〉

역시 이놈도 날 기억하고 있었나.

그러나 대꾸할 필요는 없었다.

"이엘린."

"네!"

"녹여 버려."

"알겠습니다!"

[스킬 : '멸마사'.]

회색의 악마는 '그림자가 짙을수록', 그리고 '하나의 그림자'로 현현할 때 가장 강력한 존재다.

숨을 곳이 없도록 엄폐물들을 모조리 파괴하고 놈의 몸통을 두 개로 쪼개어 버린 이 순간.

피유우우우우—!

마(魔)를 부수는 요정의 활은 본연의 목적을 달성하기에 넘치도록 강력했다.

[알림 : 미니 보스 '회색의 악마, 베이모디오그'를 처치했습니다!]

베이모디오그가 회색의 악마인 이유는 완연한 흑색에 도달하지 못했기 때문이다.

그렇기에 놈이 일소되는 과정은 마치 탈색과도 같았다.

희끄무레한 그림자 조각들이 서서히 연해지고 이내 불안한 백색으로 변했다.

제대로 세탁하지 못한 더러운 걸레처럼.

〈재밌구나, 수종. 네놈이 왜 이 세계에 있는지는 모르겠지만……. 인간은 인간에게 맡기면 될 터…….〉

악마는 그렇게 주절거린 뒤, 완전히 침묵했다.

'그 이름으로 불리는 건 오랜만이네.'

수종(獸宗).

짐승의 정점.

야수계에서 3페이즈에 들어선 뒤, 드래곤을 비롯한 고대종 몬스터들이 나를 부르던 별칭이었다.

그때는 어떻게 게이트 몬스터들이 나를 하나의 이름으로 지칭할 수 있는 건지 이해하지 못했는데, 지금은 이해가 된다.

'침략전을 벌이는 놈들은 자연스레 정보를 주고받을 테니 당연한 거겠지.'

나는 잠시 베이모디오그를 바라보고 있었고, 이규란과 채윤기를 수습한 춘향 선배와 마력을 잔뜩 끌어 올린 정석진 마스터가 나에게 다가왔다.

"서둘러야 돼! 마력 파장이 크게 일어났으니 주변의 몬스터들이 전부 몰려들 거야!"

"어서 가자, 원호야."

"잠깐. 잠깐만요."

"……?"

주변에 제대로 어그로가 끌렸으리라는 것쯤은 나도 알고 있다.

그런데 미묘한 감각이 나를 건드렸다.

죽은 악마의 잔해로부터 시작되어 어딘가로 이어지는 마력의 실이 느껴졌다.

'연결선이네. 상부에 보고하는 용도.'

베이모디오그의 윗선이라면 당연히 흑색의 악마, 카르테시오라였다.

시베리아 벌판에서 내가 파괴했던 악마궁의 주인이며, EX급 게이트 '악마왕의 흑색 지옥'의 게이트 보스.

게이트 역류를 통해 지구로 쏟아져 나온 개체는 러시아 정치계를 장악했으나, 결국에는 백작에게 사살당해 머리통이

효수되는 수모를 당했다.

하지만 이번에는 다른 듯했다.

'놈이 살아서 한반도 상황에 개입하고 있다.'

연결선은 카르테시오라의 위치를 잡아낼 단서였다.

하지만…….

'함정이기도 하겠지. 내가 연결선을 타고 들어가면 카르테시오라도 내 존재를 분명하게 인식할 테니까…….'

지금 이 상황이 일반적인 게이트 공략이었다면 아무런 문제도 되지 않았을 것이다.

게이트 보스가 헌터들의 존재를 인지하는 것은 너무나 당연한 일이고, 헌터들은 그 부분까지 상정하여 게이트를 공략한다.

하지만 이건 야전이었다.

북한 각지에서 일어난 마력 폭풍으로 이미 초토화가 되어버린 산야를 무대로 하여 진행되는 속도전.

그러니 상대에게 나를 인지시키는 것은 꽤나 큰 리스크였다.

즉, 기회이자 함정.

'어떻게 할까. 손을 댈까, 말까?'

"……."

고민은 길지 않았다.

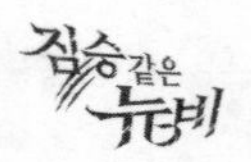

[권능 : '해결사 황소의 뿔'.]

[권능 : '네발짐승의 육감'.]

돋아난 뿔이 마법적 안테나로 기능하고, 중첩된 추적술이 마력의 실을 타고 북쪽으로 내달렸다.

베이모디오그가 소멸되며 흩어지던 연결선이 마지막으로 활성화된 순간.

나는 저 너머에 있는 것과 눈을 마주쳤다.

놀랍게도, 하나가 아니었다.

〈이놈인가?〉

〈……그렇소. '최원호'. 이 세계에서 가장 강한 각성자이며, 우리 신인류에게 반기를 든 놈이오.〉

〈좋군. 코그니시앙 일족에게 뺏기기 전에 내가 먹어치우도록 하겠다.〉

〈마음껏.〉

흑색의 악마.

그리고 백작.

두 존재가 나란히 앉은 채 나를 바라보고 있었다.

오히려 날 기다리고 있다는 눈치였다.

"가시죠. 방향은 확실해졌습니다."

"어디로……?"
눈보라가 몰아치는 북부 지역 중에서도 숨이 막힐 만큼 아름답고 신비한 설산과 호수.
놈들은 꽤나 상징적인 장소에 자리를 잡았다.
"백두산 정상입니다."

[스킬 : '매스 텔레포트'.]
[스킬 : '매스 텔레포트'.]
[스킬 : '매스 텔레포트'.]
[…….]

"우욱!"
"선생님! 괜찮으세요?"
정석진 마스터가 피를 한 움큼 토했고, 춘향 선배는 황급히 그의 등에 손을 올리며 마력을 흘려보내기 시작했다.
"괜찮다. 난 괜찮아."
"……."
정석진이 전혀 괜찮지 않다는 것은 누구나 알 수 있었다.
어마어마한 마력을 연달아 쏟아 낸 탓이었다.
공간을 이동시키는 마법은 여러 가지가 있지만, 그중에서도 다수의 객체를 대상으로 하는 '매스 텔레포트'는 어마어마한 마력 소모와 얼토당토 않는 연산량으로 악명이 높았다.
따져 보면 당연한 현상이다.
일정 범위의 물건이나 생명체를 묻지도 따지지도 않고 수십 킬로미터나 날려 버리는 이적이었으니까.
"어디까지 온 거지? 채윤기, 파악해 봐."
"으음……. 백두산 초입까지 50킬로미터 정도 남은 것 같다."
침투조에 채윤기를 포함시킨 것은 그가 독도법에 능한 이유도 있었다.
지금처럼 마법을 이용하여 무작위적인 이동 기술이 시행되는 경우, 근처의 지형과 지도만 대조해서 우리의 위치를 추론하는 능력이 필요했다.
"한 번만 상공에서 지형을 볼 수 있으면 좋을 텐데. 안 되겠지? 요격 위험도 있고."
"당연히 안 되지."
그게 가능했다면 이렇게 육로로 올 필요도 없었다.
서울에서 독도까지 날아갔듯이 단숨에 날아왔을 것이다.
'50킬로미터.'
나는 고개를 들어 보았지만 거산의 모습은 전혀 보이지 않았다.
투명한 얼음처럼 청명하기 그지없는 하늘임에도 불구하

고, 북쪽 방향에는 하얀 노이즈가 낀 것처럼 희미한 안개가 낮게 흐르고 있었다.

"……이엘린, 혹시 산이 보여?"

"아뇨, 전혀 안 보여요."

그렇단 말이지.

시각 능력에 집중할 수 있는 고위 헌터, 최상급 궁수이자 레인저인 이엘린이라면 희미하게나마 볼 수 있어야 했다.

한데 보이는 것이 전혀 없다는 말은…….

'놈들이 이미 손을 썼다는 뜻.'

채윤기가 지형을 착각한 것이 아니라면 십중팔구 마법이 걸려 있다는 의미였다.

"여기서 팀을 쪼개겠습니다."

함박눈이 하늘하늘 떨어지는 설원 한복판에서 나는 새로운 결정을 내렸다.

"이엘린, 채윤기, 이규란. 세 사람은 이곳에 남아서 퇴각 작전을 준비한다. 타깃을 사살하는 것에 성공하거나 실패하거나 상관없이, 생존 인원을 퇴각시키는 것에 집중해."

"……!"

내 명령에 그들의 표정이 굳어졌다.

사실상 전력 제외 통보였으니까.

특히 이엘린은 받아들이기 힘들다는 눈빛이었다.

"마스터, 어째서."

"그만. 이번 작전에서는 절대로 나한테 토 달지 말라고 했어."

"……."

침투조를 구성하며 내가 제1원칙으로 내세운 것이 바로 절대 복종이었다.

내 마법 스승인 정석진에게도, 업계 선배인 춘향에게도 마찬가지로 적용되는 규칙이었다.

"괜찮겠느냐? 전후방 모두 전력이 약해질 텐데."

"저는 공략이 성공할 확률을 반반이라고 보고 있습니다. 이엘린이 함께 간다면…… 5% 내외로 확률이 올라갈 듯하고요."

"흐음."

"그에 비해 이엘린이 퇴각 작전에 포함된다면 퇴각 성공 확률이 30% 이상 올라간다고 보입니다. 그럼 퇴각 작전에 포함시키는 게 맞겠죠."

미안하지만 채윤기와 이규란은 악마왕 공략전에 그리 도움이 되지는 않을 것이다.

'각각 1% 내외.'

두 사람은 처음부터 공략 실패를 가정하고, 퇴각 작전을 수행하기 위해 데리고 온 인원이었다.

이건 본인들도 알고 있는 부분이었다.

"알겠습니다. 그러면 여기서 퇴각 작전을 준비하겠습니

다. 마스터, 무운을 빌겠습니다."

"예, 부탁합니다."

"젠장. 부디 살아서 돌아오십시오, 고용주님. 내 생계를 위해서 말이야."

"오냐. 네 밥통을 위해서 생환하마."

이규란과 채윤기.

"마스터, 저는……"

"꼭 살아 돌아와서 오르카니아 수복하는 거 도와줄 테니까 너도 걱정하지 마."

"……오르카니스입니다만."

"음, 미안."

마지막으로 이엘린과도 인사를 나눈 뒤, 나는 정석진 마스터에게 고개를 돌렸다.

토혈을 하며 얼굴이 창백해졌으나 춘향 선배의 도움을 받아 조금은 진정된 듯 보였다.

"선생님, 출발하겠습니다."

"끄응! 그래, 가자."

"……."

말없이 나를 바라보는 춘향 선배의 눈빛은 조금만 더 휴식 시간을 가지면 안 되겠냐고 말하고 있었다.

하지만 지체하는 것이 더 위험했다.

"아직 우리의 구체적인 위치는 감지하지 못했겠지만, 저

쪽도 위치가 발각되었다는 건 알고 있을 테니 슬슬 수색 작업을 시작했을 겁니다. 당장 출발해야 됩니다."

우리는 발걸음을 옮기기 시작했다.

쉬지 않고 걷는다면 하루 안에 도달하게 될 것이다.

그리고 여기서부터는 내가 전면에 나선다.

지금껏 아껴 두었던 힘으로 악마들을 모조리 찍어 누르며…….

'백작과 카르테시오라까지 한꺼번에 사살한다.'

두 번째 실패는 없다.

이번에야말로 백작을 확실히 사살하고, 악마종을 뿌리부터 뽑아 버릴 생각이었다.

한성우는 안온함 속에서 눈을 떴다.

'따뜻하군.'

대체 얼마 만에 맛보는 따스함인지.

내내 추위와 강행군으로 몸을 고생시키고 있었는데 이렇게 몸을 누이니, 마치 뜨거운 욕조에 몸을 담근 것처럼 긴장감이 슬슬 녹아서 죄다 사라지고 있었다.

'거긴 너무 추웠어. 전투도 힘들었고.'

그런데 거기가 어디였더라?

머릿속에 떠오르지 않았다.

"……."

뭐 어때.

한성우는 생각하기를 그만두고 다시 안온함에 의식을 맡겼다.

뼛속까지 미온수가 스며드는 듯한 느낌.

그는 멍하니 눈을 감은 채로 자신의 의식을 조각조각 해체하기 시작했다.

하나의 자아로서 소유하던 모든 요소들을 전부 내려놓는 과정이었다.

–'그분'과의 기억, 결사단의 사명, 존 메이든과 첫 만남, 모든 것을 걸었던 검술, 무진 그룹을 설립했던 순간, 여섯 형제단을 내려놓던 결심…….

한성우의 머릿속에서 모든 것이 흐려지고, 망각의 안개 속으로 사라지고 있던 그때.

〈남편, 우리 딸을 잘 부탁해. 울지 말고. 난 꼭 돌아올 거야. 언젠가 이 세계가 영원히 사라지게 되더라도 반드시…….〉

"……!"

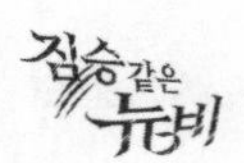

절대로 잊을 수 없는 목소리 하나가 떠올랐다.
한겨울의 어머니이자, 자신의 반려자였던 그녀의 음성.

〈세계가 사라질 것 같더라도 끝까지 포기하지 마. 언젠가 새로운 '영원'이 나타나서 모든 관문을 닫고, 각자의 세계를…….〉

"아, 안 돼. 안 돼!"
한성우는 자신을 휘어잡고 있던 모든 안온함을 떨쳐 내며 몸을 일으켰다.
그러자 목소리가 가볍게 웃었다.

〈고마워. 다시 만나자, 반드시.〉

"아……."
형언할 수 없는 여운 속에서 한성우는 아내에 대해 생각했다.
그녀는 인간이 아니었다.
처음부터 게이트에 대해 알고 있었고, 먼 미래를 내다보며 몇 가지를 예언하기도 했다.
그러다가 훌쩍 떠난 것이다.
게이트 사태로 인해 무너지는 다른 세계들을 구원하기 위해…….

자신을 똑같이 닮은 딸아이만 하나 남겨 놓고 다른 세계로 가 버렸다.

'모습은 평범한 인간과 다르지 않았지만…… 그녀는 인간이 아니었어. 아마도 계외자였겠지.'

타계에서 온 존재.

적어도 한성우는 그렇게 생각했다.

그런 까닭에 한겨울은 너무나 소중한 딸이며, 연인이 남긴 유산인 동시에, 유일한 단서였다.

그녀의 핏줄을 이어받은 겨울이 언젠가 '계외자'로서 힘을 각성하여 어머니의 행방을 추적할 수 있을지도 모른다.

……한겨울의 각성.

한성우가 상당히 무리를 하면서까지 신인류의 반지를 수집했던 것은 각성의 단서를 수집하기 위해서였다.

지구의 것이 아닌 순수 마력은 계외자에게 분명 다른 작용을 일으키는 듯했으니까.

'하지만 지금 난 여기 있군.'

여기가 어디지?

가만히 누워 있던 한성우는 드디어 몸을 일으켰다.

새하얀 순백만이 끝없이 펼쳐진 공간.

"음……?"

그 끝자락에 사람의 그림자가 하나가 어른거리고 있었다.

"올노운, 좋은 꿈을 꾸었나?"

"……존."

그가 어울리지도 않게 장검을 길게 늘어뜨린 채 말을 걸어 오고 있었다.

산길의 경사가 바뀌고, 우리 세 사람은 거산의 초입부에 도달했음을 깨달았다.

한반도에서 가장 거대한 산의 기운이 어깨를 짓누르는 느낌에 모두 말이 없어졌다.

"……."

점점 더 짙어지는 안개 속을 걷는 것은 그 자체만으로 심력을 소모하는 일이었다.

그러다가 나는 의심을 시작했다.

'얼마나 걸은 거지? 해의 위치가 바뀌지 않는 것 같은데.'

판단력이 흐려지고 기력이 쭉쭉 빨려 나가는 듯한 느낌.

게다가 아직 악마종 몬스터들과 부딪치지도 않았는데, 피로감이 목을 조르는 듯했다.

"하아, 하아……."

춘향 선배의 어깨가 살짝 떨리는 것을 보았을 때.

"잠깐만. 정지할게요."

나는 비로소 이 안개의 정체를 깨달았다.

'카르테시오라가 펼친 마비 안개였군.'

수상할 정도로 침묵에 휩싸인 산길.

꽤 깊숙한 곳까지 들어오면서도 몬스터들과 마주치지 않았던 것은, 이 안개가 교묘한 독무(毒霧)이면서 그 어떤 것도 접근을 허락하지 않는 배제 범위를 형성하기 때문이었다.

즉, 악마종 몬스터들에게도 무자비하게 적용되는 안개였다.

'그렇다면 두 가지 선택지가 있겠네.'

정화 마법을 쓰면서 올라가거나, 당장 안개를 걷어 내거나.

어느 쪽이든 일장일단이 있다.

'지금 내가 이 안개를 걷어 낸다면 악마종 몬스터들과 조우하게 되겠지.'

그리고 걷어 내지 않고 정화 마법으로 버티는 쪽을 선택한다면…….

'마력을 야금야금 갉아먹게 되겠네.'

어쩌면 백두산 중턱에서 등을 돌려야 할지도 모른다.

결국 강요된 선택.

나는 혀를 차며 해청의 손잡이를 가볍게 움켜잡았다.

안개를 걷어 내는 것은 간단했다.

'아래에서 위로.'

칼날은 지표면을 길게 훑은 뒤, 하늘을 향한 상태에서 우뚝 멈춰 섰다.

그러자 삭풍이 일었다.

파아아아아---!

칼날의 움직임을 따라 용오름이 만들어지더니, 곧바로 상공으로 떠올랐다.

희뿌연 안개를 단숨에 휘어잡은 채, 마치 살아 있는 용처럼 승천하는 회오리.

춘향 선배가 입을 쩍 벌렸다.

"우와아아……. 개멋있어!"

그렇게 마비 안개가 일소된 순간.

캬캬캬캬! 크키키키킥!

사방에서 괴이한 웃음소리들이 밀려들었다.

안개가 가시고 선명해진 식생들 사이에서 나타난 것들은 상대적으로 저급한 악마들이었다.

앞에서 소멸시킨 베이모디오그나, 악마왕 카르테시오라와는 비교할 수 없을 만큼 하등한 개체들.

본질적으로 사이한 것을 찢어 버리는 해청이라면, 단지 칼날을 살짝 스치는 것만으로 없앨 수 있을 것이다.

하지만 놈들은 영리하게 움직였다.

"온다……!"

서너 마리가 앞에서 시선을 끌더니, 나머지는 곧바로 후방으로 우회했다.

그건 처음부터 내가 아니라 정석진 마스터와 춘향 선배를 노리는 움직임이었다.

“선생님!”

“내가 벽을 세우마!”

두 사람은 황급히 마력을 끌어 올렸다.

다수를 상대할 상황이니, 방어막을 세워서 적의 동선을 제약하여 다대일 상황을 피하겠다는 기본적인 전술.

하지만 내 생각은 달랐다.

“둘 다 마력 아껴!”

마법사들이 멈칫한 순간, 나는 해청을 풀어놓았다.

내가 레벨 150에 도달할 때까지 해청 역시 한 단계의 레벨업을 이루었다.

그 결과…….

[권능 : ‘해태의 현현’.]

시커먼 칼날로부터 신수의 몸통이 불거져 나왔다.

이제는 일부에 불과한 정도가 아니었다.

검은 금속으로 이루어진 육체가 머리부터 꼬리까지 온전하게 형성되어 지상에 발을 내디뎠다.

비록 신수의 진체(眞體)는 아니었지만 전체 형태를 모두 갖춘 육체로 강림하는 것.

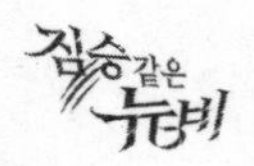

해청이 도달한 레벨 6의 새 권능이었다.

"우오오! 이 몸 등장!"

검은 신수는 곧바로 날뛰기 시작했다.

금속으로 이루어진 해태의 움직임은 썩 유연하지는 않았으나, 칼날로서 가지고 있던 예리함을 그대로 간직하고 있었다.

녀석은 사악한 존재를 근원적으로 멸할 수 있었으니.

[안내 : 등급을 알 수 없는 몬스터 '하급 요악마종 광신자'를 처치했습니다!]

[안내 : 등급을 알 수 없는 몬스터 '하급 철악마종 추종자'를 처치했습니다!]

[…….]

파아아앗-!

해청이 앞발을 휘두를 때마다 악마들은 갈가리 분해되었다.

놈들이 목표로 했던 두 사람에게는 접근조차 할 수 없는 맹위였다.

그리고 나 또한 같은 방식으로 싸우고 있었다.

재규어의 발톱을 꺼내서 하잘것없는 악마들을 전부 쪼개어 버리는 방식.

두 사람은 보호받는 입장이 그리 달갑지 않은 듯했다.

"원호야! 범위 공격을 준비하마!"

"뭐 해 줄까? 마력 회복 걸어 줘? 아니면 신속화? 방어 축복?"

악마들이 우글우글 몰려드는 가운데, 각자의 몫을 하겠다고 소리를 지르고 있었다.

하지만 나는 고개를 저었다.

"아니! 둘 다 지금은 마력을 아끼세요!"

"왜!"

"일단 시키는 대로 하세요!"

"……."

나는 정석진 마스터와 춘향 선배를 보호하며 그들이 마력을 최대한 비축할 수 있도록 전투 구조를 이끌었다.

두 사람은 안절부절못하는 눈치였지만 나는 신경 쓰지 않았다.

'마법사들의 힘은 가장 결정적일 때 사용할 수 있도록 아껴 둔다.'

그게 나의 의도였다.

지금은 게이트 바깥에서 활동하고 있으니 회복이 더딘 상황.

그리고 더욱 중요한 것은 상대의 저력이었다.

'악마왕 카르테시오라.'

놈이 가진 진정한 힘은 단순히 하급 악마를 동원하는 통솔력이나, 놈이 가진 일신의 파괴력에 있는 것이 아니었다.

바로 변화무쌍한 마법 활용과 철저한 준비성이다.

앞서 시베리아에서 겪었던 악마궁이나 그곳에 설치되어 있던 요격 장치가 정확히 그런 요소였다.

'전부 카르테시오라의 작품이란 말이지.'

체술로는 인간 헌터들 중에서도 최상급인 올노운에게 일격을 먹일 정도였으니, 그 함정 기관의 위력에는 두 말 할 필요가 없었다.

흑색의 악마는 그처럼 영악하게 판을 깔아 놓고 헌터들을 잡아먹는 괴물이었다.

그러니 우리 또한 판을 뒤집을 무기 하나를 마지막까지 쥐고 있어야 했다.

마법 전력을 보호하는 것에 최선을 다하며 더 높은 곳으로 향하던 그때.

"주인! 뭔가 오고 있어!"

후방을 보호하던 해청이 소리쳤다.

나 또한 느꼈다.

별안간 하급 악마들의 물량 공세가 뚝 끊어졌다.

그리고 또 다른 존재가 우리를 향해 접근하고 있었다.

……나에겐 아주 익숙한 느낌.

'어째서? 왜 여기서?'

알 수 없는 일이다.

나는 해청을 향해 손을 뻗으며 소리쳤다.

"돌아와! 어서!"

그 순간, 머리 위에서 바위 벼랑 하나가 폭발했다.

우리를 향해 떨어져 내리는 산사태.

"인스턴트 베리어!"

정석진 마스터가 순식간에 마법을 사용했고, 만들어진 방어막 위로 낙석들이 무자비하게 쏟아졌다.

그리고 그 사이로 낯익은 얼굴 하나가 보였다.

"……."

올노운, 또는 한성우.

무명검 한 자루를 움켜쥔 남자가 아무런 말도 없이, 그저 흐리멍덩한 눈으로 나를 바라보고 있었다.

한성우는 순백의 공간 속에서 존 메이든을 응시하고 있었다.

서로를 잘 알고 있었기에 긴 대화가 필요하지 않은 두 사람이었다.

"올노운."

"존."

"……시작하지."

"그래, 오늘에야말로 끝을 보자."

어쩌면 조금은…… 이 분열을 예상하고 있었던 것일지도 모르겠다.

한성우는 아내와 딸을 위해서 결사단의 눈이 되어 자신을 불사르기를 택했으나, 존 메이든은 달랐다.

그는 공리주의자다.

존 메이든은 어떤 선택이든지 더 많은 사람들이 이로운 쪽을 택한다.

이는 나름의 정의이며, 헌터로서 가지고 있는 명확한 철학이기도 했다.

그렇기에 신인류가 활동을 시작했다는 첩보를 입수했을 때, 한성우는 존 메이든의 행보를 의식하지 않을 수 없었다.

'그땐 그래도 설마 했는데…….'

결국 이렇게 되었다.

한때 동지였던 이들이 서로를 향해 칼날을 겨눈 순간.

[스킬 : '번천섬검 천뢰격'.]

한성우가 먼저 움직였다.

날붙이가 자욱한 청백색의 광휘를 뿌리며 쇄도했다.

번천섬검은 하늘을 태우는 빛의 검술.

그중에서도 천 갈래의 번개를 일거에 쏟아붓는 듯한 공격기가 바로 이 '천뢰격'이다.

콰콰콰콰콰쾅—!

칼날이 쏟아지자 존 메이든 또한 힘을 끌어 올려서 그 공세를 무위로 돌렸다.

"……."

입을 꾹 다문 그에게서 어마어마한 기력이 느껴졌다.

하지만 한성우는 기묘한 감각에 사로잡힌 상태였다.

기이한 자신감.

'존이 나보다 한 단계 뛰어난 건 사실이지만, 오늘은 다르다. 그래, 오늘은 분명히 다를 거다.'

여러 모로 완벽한 상태가 아니었던 시베리아에서와는 달리, 지금의 한성우는 100%라고 자신할 수 있었다.

이상할 정도로 몸이 가뿐했다.

지금 모든 게이트를 공략할 수 있을 만큼, 모든 것이 탁월하게 기능하는 상태였다.

[스킬 : '유성일검 협류행'.]

한성우의 몸이 솟구치며 공격을 쏟아 냈다.

바다를 가르는 군함이 좌우로 포격을 때려 박는 것처럼, 묵직한 검기의 덩어리들이 존 메이든에게 쏟아졌다.

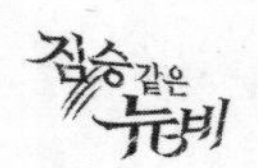

그러자 그는 두어 걸음을 물러나며 좌우로 검을 휘둘러 포탄들을 모조리 쳐 냈다.

한성우는 존 메이든에게 따라붙으며 다음을 준비했다.

숨겨 두었던 비장의 한 수.

'파우산검 제운참. 아무리 너라도 이건 쉽게 쳐 내지 못할 거다.'

하지만 바로 다음 순간.

핏-!

도대체 언제 어떻게 뽑아냈는지 모를 예리한 일검이 한성우의 왼쪽 귀를 찢고 지나쳤다.

"……?"

등골이 서늘해졌다.

기이할 정도로 끓어올랐던 자신감이 차갑게 식는 기분.

한성우는 뭔가 조금 이상하다는 사실을 비로소 깨달았다.

세계 클랜 협의회의 의장직을 맡은 이후, 존 메이든은 트레이드마크처럼 적수공권을 고집해 왔는데…….

'오늘은 왜 갑자기 검을 사용하고 있는 거지? 저 시커먼 검은 어디서 난 거야? ……아니, 잠깐만.'

어디선가 본 적이 있는 검이다.

"그건, 백수현? 설마 그 에고 소드……?"

한성우는 질문했지만 존 메이든은 대답하지 않았다.

"올노운, 날 베지 않을 것인가? 싸움을 피하는 것인가?"

도리어 엉뚱한 소리.

"와라. 다른 이야기는 필요하지 않아."

"개자식……!"

상대의 무표정한 얼굴을 바라보며 한성우는 어금니를 바드득 갈며 자세를 다잡았다.

그가 분노와 절망 속에서 떠올린 생각은 이러했다.

'결국 백수현 마스터가 존에게 패배하여 자신의 애병마저 빼앗겼구나.'

명백한 오해였다.

안타깝게도 진실은 한성우의 눈에 전혀 보이지 않는 상태로 존재하고 있었다.

한성우가 갇혀 있는 순백의 공간 바깥…….

"세상에, 선생님! 올노운에게 인형술이 걸려 있어요! 어떻게 이럴 수가……!"

"나도 보고 있다, 춘아. 대체 올노운의 정신 방벽을 어떻게 뚫은 건지 모르겠구나."

봄향과 정석진.

"……."

그리고 흑해청을 쥔 채 입을 다문 최원호까지.

세 사람은 삼각 대형을 이룬 채, 한성우의 폭격 같은 검술을 받아 내고 있었다.

무명검이 횡으로 움직이면 수천 개로 분화한 칼날들이 격

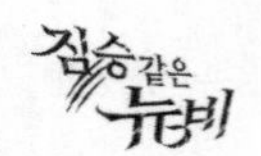

랑처럼 쏟아졌고.

종으로 움직이면 둔중한 폭풍우가 되어 내리꽂혔다.

마법 전력은 최대한 아껴 두겠다는 작전을 당장 포기할 수밖에 없었을 만큼 무지막지한 위력이었다.

"조, 존, 존 메이든……!"

초점이 없는 눈으로 중얼거리면서도 그 어느 때보다 위력적인 검술을 퍼붓는 한성우.

환상을 보고 있는 것이 분명했다.

최원호는 속으로 한숨을 내쉬었다.

'젠장, 이런 식으로 다시 만나게 될 줄이야.'

최악의 조우라고 할 수밖에 없었다.

이제 두 사람 사이에는 레벨 격차가 크게 벌어진 상황.

최원호가 한성우의 검을 부러뜨리고 목숨을 취하는 것은 어렵지 않았다.

하지만 그럴 수는 없는 일이었다.

"인과응보냐……."

애초에 시베리아 한복판으로 한성우를 데리고 가지 않았다면 악마왕에게 몸을 빼앗기는 비극 따위는 벌어지지 않았을 터.

한성우가 이런 상태가 된 것에는 최원호 본인의 책임이 컸다.

스스로 묶은 매듭을 풀어낼 시간.

경지에 오른 상대에게 살수를 쓰지 않고 적당히 제압하는 것은 몇 배로 어려운 일이었으나, 무슨 수를 써서든 해내야만 했다.

"원호야, 이번엔 마법이 필요하겠지?"

"……네."

정석진의 질문에 고개를 끄덕인 최원호.

"두 분은 올노운에게 행동 둔화를 걸어 주시고, 다음으로는 자기 방어에 집중해 주세요."

"응. 근데 어떻게 할 거야? 저렇게 강력한 술법을 깰 방법이 있어?"

"으음. 그건……."

봄향의 질문에 칼자루를 쥔 손에 힘이 더해졌다.

정신을 지배당하고 있는 사람을 회복시키는 일…….

최원호에게는 이미 경험이 있었다.

"간단해요. 뒤지게 패는 거죠."

장담컨대 가장 빠른 방법이었다.

100과 150의 생사를 건 결투였다.

상대를 죽이려는 자와 상대의 무릎을 꿇리려는 자의 불공평한 싸움이기도 했다.

하지만 이 상황을 가장 정확하게 표현할 말은…….

[권능 : '어린 수왕의 눈'.]

일방적인 충돌.

붉게 달아오른 눈동자를 괴물처럼 치켜뜬 최원호는 마치 유령처럼 움직였다.

그리고 한성우를 거침없이 후려쳤다.

빼엉!

미들 킥이 작렬하자 폭탄이 떨어진 듯한 충격파가 터지며 지면이 폭발했다.

산천의 식생들이 뒤흔들리며 공포에 질린 듯이 보였다.

그리고 핏발이 선 눈동자는 빠르게 움직이고 있었다.

'완벽하지만, 전혀 빈틈이 없는 검술은 아니야.'

최원호는 한성우의 움직임을 모조리 읽어 내고 그의 공세를 전부 무효화했다.

기어코 품 안쪽까지 파고든 뒤, 꽂아 넣는 무수한 펀치.

빠바바바박--!

"크아아아악!"

잔혹하리만큼 일방적인 폭행이었다.

한성우를 완벽하게 장악하고 있는 정신 지배를 무효화시키기 위해, 최원호는 아낌없이 주먹을 휘둘렀다.

하지만 쉽지 않았다.

“존! 날 가지고 놀지 마라……!”

마치 샌드백이 된 것처럼 얻어맞으면서도 한성우는 집중력을 잃지 않았다.

마력을 한껏 끌어 올려 체외에다 호신강기를 만들어 냈고, 이는 최원호가 퍼붓는 대미지를 절반 이하까지 감쇄시키는 효과를 만들어 냈다.

‘힘을 더 끌어 올리면 호신강기를 깰 수 있겠지만, 그땐 대미지 조절이 안 되겠어.’

한성우가 제정신을 차리기 전에 그를 저 세상으로 보내 버리게 될지도 모른다.

이래서야 목적을 달성할 수가 없다.

‘다른 방법을 써 봐야겠는데.’

최원호는 슬쩍 공세를 늦추었고, 빈틈을 잡은 한성우는 몸을 뒤틀며 떨어져 나갔다.

그리고 그는 나름의 반격을 준비했다.

[스킬 : ‘파우산검 제운참’.]

[스킬 : ‘유성일검 백적행’.]

[스킬 : ‘번천섬검 만종혁’.]

[스킬 : ‘여여천검 압산보’.]

[……]

파파파파팟!

방금의 일방적인 공세는 거짓말이었다는 것처럼 무명검의 칼날이 분수처럼 뿜어졌다.

꽃가루인 듯 휘날리는 검기는 최원호에게도 무시할 수 없는 위력이었다.

"……올노운은 올노운이군."

변화무쌍하면서도 우아함과 예리함을 잃지 않는 움직임의 연속.

한성우는 상대를 향해 자신이 가진 모든 것을 내보이고 있었다.

존 메이든은 100% 이상을 쏟아 내야 하는 적수였으니까.

그리고 그 결과…….

핏!

"……!"

상대의 왼쪽 뺨을 가로로 길게 찢으며 상처를 만드는 것에 성공했다.

한성우는 그 순간을 놓치지 않았다.

'나와 함께 가자, 존.'

동귀어진의 수.

철벽같던 방어를 뚫고 마침내 일격을 꽂아 넣은 그는 당장 목숨을 버리겠다는 생각으로 뛰어들었다.

설령 목이 잘리더라도, 당장 존 메이든의 심장에 칼을 박아 넣고야 말겠다는 각오로 온몸을 내던진 순간.

텅!

최원호는 한성우의 검로에 맞추어 융견을 강화하더니 그 칼날을 그대로 받아 냈다.

그리고 뒤를 향해서 손짓했다.

"선배, 지금 묶어요."

"응!"

"……!"

한성우의 몸이 마치 석상처럼 딱딱하게 굳어졌다.

방금까지 천변만화하는 검술을 펼쳤던 것이 거짓말처럼 느껴질 만큼 그 자리에 완전히 얼어붙어 버렸다.

'프리즈 마법? 이렇게 강력한 위력이라고?'

당황스러울 수밖에 없었다.

존 메이든이 올라운더에 가까운 헌터라는 사실이야 진즉에 알고 있었으나, 이토록 위력적인 수준의 마법을 사용할 수 있으리라고는 생각지 못했다.

어떻게 된 건지는 모르겠지만 당장 벗어나야 한다.

'무슨 수를 써서든!'

[스킬 : '유체화'.]

본능적으로 스킬을 골라낸 한성우의 몸이 속박에 대항하

기 시작했다.

순간적으로 육체를 유연하게 만들어서 모든 종류의 마비와 동결 기술에 대항할 수 있게 도와주는 고급 체술.

"흐으읍……!"

상대에게 검술을 복합적으로 사용하는 것이 효과가 있음을 확인했으니, 일단 물러났다가 다시 도전하여 치명타를 날릴 기회를 만들겠다는 생각이었다.

하지만 상대는 놓아주지 않았다.

"그래, 바로 이거야."

오히려 기회를 잡았다는 듯이 달려들었다.

최원호는 권능을 교체하며 입꼬리를 말아 올렸다.

"자, 눈이 제대로 보일 때까지 패 줄 테니까 잘 견뎌 봐!"

[권능 : '어린 수왕의 팔'.]

권능이 교체되며 6개의 팔이 돋아났다.

그리고 한성우를 무자비하게 구타하기 시작했다.

퍼버버버버벅--!

"크어억!"

지금껏 버텨 왔던 노력이 무색하게, 한성우의 신형이 급격히 무너지기 시작했다.

프리즈에서 벗어나기 위해서 사용했던 유체화가 화근이

었다.

순간적으로 방어력이 약화되며 쏟아지는 대미지를 고스란히 허용하고 말았다.

'다시 호신기를……!'

그렇게 내버려 둘 리가 없다.

기회를 잡은 최원호는 전력을 다해서 상대를 몰아쳤고, 한성우는 기이한 균열을 보고 있었다.

쩌적, 쩌저적.

'……공간이 부서진다?'

순백색의 공간이 붕괴를 일으키고 있었다.

두들겨 맞는 것은 그 자신의 몸이었는데, 이상하게도 그를 둘러싼 안온한 공간 전체가 서서히 무너지고 있었다.

봄향이 소리쳤다.

"원호야! 되고 있어! 정신 방벽 너머로 변화가 일어나고 있다고!"

'그래, 그래야지.'

최원호는 세비지 에너지를 전부 끌어내어 퍼부었다.

6개의 팔이 광풍을 일으키며 한성우를 전신을 구타하던 그 순간.

"컥……."

남자의 눈동자가 뒤집히고 다리가 풀리며 몸을 뒤로 넘어갔다.

"돼, 됐다!"

"오오!"

동결 마법에 아낌없이 마력을 소모하던 봄향과 만약의 사태에 대비하고 있던 정석진이 나란히 탄성을 내질렀고, 최원호는 피식 웃었다.

그런데 눈앞에서 폭발이 일어났다.

쾅-----!

한성우가 쥐고 있던 무명검.

마지막까지도 환상 속의 존 메이든을 향해 있던 칼날이 별안간 수천 개의 쇳조각으로 화하여 쏟아졌다.

철퍽, 철퍽.

수조에서 걸어 나와 젖은 두 발로 바닥을 딛고 선 남자는 조금 어리둥절한 표정이었다.

그는 잠시 자신의 나신을 살펴보았다.

손바닥과 손등, 앙상하게 마른 몸, 그러나 올곧게 서 있는 다리를 믿을 수 없다는 듯이 응시하던 남자.

그러다가 비로소 여자의 존재를 알아차렸다.

아름다운 두 눈동자가 미친 듯이 불안하게 떨리고 있었다.

그녀는 어렵게 입을 열었다.

"너, 괜찮아……? 어디 불편한 곳은 없어……? 지금 잘 보이는 거지?"

도윤수는 느리게 고개를 끄덕였다.

하지만 이상하게도 말이 없는 모습.

최신우는 입이 바짝바짝 마르는 표정으로 다가섰다.

그러자 도윤수가 한 걸음 뒤로 물러섰다.

"……윤수야?"

"거기 있어."

"거기 있으라니?"

"말 그대로. 거기에 서 있으라고."

"……?"

낯선 거리감에 최신우는 당혹할 수밖에 없었다.

그녀는 곧 그 이유를 알게 되었다.

잠시 생각에 잠겼던 도윤수의 입이 열렸다.

"난 네가 알던 도윤수와는 조금 다른 사람이야. 아니, 사실은 완전히 다른 존재지. 이미 절반은 인간이 아니니까."

"그게 무슨 말이야?"

"이제 우린 하나거든. 인간과 천마. 영혼이 하나로 뒤섞여 버린 반인반수의 존재. 이해할 수 있겠어?"

"대체 무슨……? 반인반수라니? 넌 사람이잖아! 정신 차려!"

"아니, 너도 알고 있잖아? 천마와 인간의 영혼이 하나로 합치됐어. 제3의 존재가 만들어진 거지."

"여, 영혼이 합치됐다고?"

"그래. 어쩌면 난 괴물에 가까울지도 몰라. 네가 알던 사람을 먹어치운 괴물이라고 해야 할까? 그러니 나에게 다가오지 마. 지금은 네게 무슨 일이 벌어질지 장담할 수 없어."

"……."

너무나 단호한 말에 최신우는 할 말을 잃었다.

그녀의 머릿속에서는 '영혼의 합치'라는 말이 떠돌고 있었다.

그때의 시스템 메시지가 다시 떠올랐다.

[알림 : 아티팩트 '비어 있는 수혼갑'이 신비한 존재 '융합된 영혼'의 균열을 방지하고 있습니다.]

인간인 도윤수와 신수인 천마의 영혼이 합일되어 새로운 존재로 재탄생.

'그렇게 된 거였다니.'

뒤엉킨 영혼을 분리하지 못하고, 오히려 하나로 묶어 낸 결과였다.

어쩌면 그 선택을 하지 말았어야 할지도 모른다.

하지만 최신우는 앞으로 한 발짝을 성큼 내디뎠다.

그러자 냉큼 뒤로 몸을 빼는 도윤수.

"오지 말라니까!"

그럼에도 다시 한 발자국 앞으로.

"최신우!"

또 물러난 도윤수의 눈빛에 노기가 서리기 시작했다.

바로 그 순간, 최신우는 앞으로 뛰어들었다.

도윤수의 육체를 가지고 있는 '제3의 영혼'이 미처 반응하기도 전에 달려들어서 그를 꽉 안아 버렸다.

두 사람 사이에서 마력이 불처럼 일어났다.

"너, 저리 비켜……!"

"못 비켜! 난 네가 뭐가 됐든 상관없어! 반인반수든! 괴물이든! 그딴 거! 씨바! 난 조또 상관없단 말이야!"

그 말에는 도윤수가 당혹하게 되었다.

"무슨 말이지? 내가 뭐가 됐든 상관이 없다니? 난 네가 아는 도윤수가 아닌데? 나는 네가 가진 그 감정을 이용해서 널 가지고 놀 수도 있어. 어쩌면 너 또한 먹어 치우려고 할지도 모르지. 그래도 괜찮은가?"

하지만 최신우는 아랑곳하지 않았다.

"상관없어. 그건 그때 가서 생각하면 돼. 바뀐 네가 싫어지면 그때 떠날 거야. 적어도 지금은 아니지. 날 먹어치우겠다고? 어디 해 봐! 내가 그렇게 호락호락해 보여? 어림없을 텐데?"

"너……."

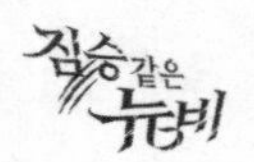

가녀린 팔에 단단히 붙잡혀 있던 남자는 피식 웃고 말았다.

"왜 웃어!"

"웃기니까."

웃음이 새어 나온 것은 자신을 이루고 있는 절반의 영혼으로부터 뿜어져 나오는 온기 때문이었다.

그가 인간과 천마가 뒤섞여져 만들어진 새로운 존재라는 것은 부정할 수 없이 확고한 사실이었다.

하지만 이는 그의 50%가 여전히 도윤수라는 인간으로 구성되어 있음을 의미하기도 했다.

남자는 여전히 이 여자를 사랑하고 있다.

적어도 절반은 그랬다.

"그래, 네가 날 살려 준 것은 사실이니, 네게 해코지는 하지 않겠다고 약속할게. 그리고…… 시간을 조금 가져 보자."

"시간? 무슨 시간?"

"서로에 대해 다시 생각해 볼 시간."

도윤수의 그 말에 최신우는 헛웃음을 짓고 말았다.

"참 내, 죽을 고생을 하면서 남친 살려 놨더니, 서로에 대해 생각할 시간을 갖자고 하네? 하아아……. 그래, 뭐 그럴 수 있지. 아닌가? 도저히 이럴 순 없는 거 같기도 하고."

그녀의 결론은 조금 이상한 쪽으로 흘렀다.

"야, 사실 이런 시국에 우리가 한가하게 연애나 하고 있는 것 자체가 말이 안 되는 일이잖아? 그치? 그러니까, 그래! 시간 맘껏 갖자! 기왕지사 네가 새로운 존재로 태어났으니까! 나도 새로운 남자 만나 본다고 생각하면서……!"

최신우가 도윤수에게 헛소리를 시전하고 있던 그때…….

"하, 한채미 헌터님!"

"네? 무슨 일이죠?"

"어, 그, 에……."

헐레벌떡 뛰어 들어온 헌터 한 사람.

헌터는 최신우가 도윤수를 끌어안은 모습을 보고 잠시 흠칫했지만, 곧바로 정신을 차리고 소식을 전했다.

"진세희 마스터의 전언입니다! 약 10분 전, 백두산 일부가 폭발했다는 것이 관측되었다고 합니다!"

"네? 갑자기 백두산 폭발? 어? 설마……?"

그녀는 침투조를 꾸려서 북쪽으로 들어간 자신의 오빠와 관련된 이야기임을 깨달았다.

"어, 어디가 폭발했죠? 설마 그 정상에 있는 호수? 백록담인가요?"

"신우야, 그게 아니지. 백두산 정상은 '천지'잖아."

"아, 어쨌든!"

도윤수의 지적에 뺨을 부풀렸던 최신우.

"그래서 백두산이 어떻게 됐는데요? 진세희 마스터가 뭐라고 하시던가요? 빨리요!"

그녀의 재촉에 헌터가 다시 입을 열었다.

"백두산 천지가 폭발한 것은 아니고, 산 중턱이라고 합니다. 그리고 폭발이 일어나면서 대규모의 산사태까지 일어난 것으로 추측된다고 하셨습니다."

"대규모 산사태……?"

최신우의 표정이 석상처럼 굳어졌다.

결과적으로…… 자하르가 그녀에게 전하고자 한 것은 비보였다.

"아무래도 최원호 마스터께서 그 진앙지에 계셨던 것으로 파악됩니다. 어쩌면 폭발이나 산사태에 휘말렸을지도 모른다고 전달하라고 하셨습니다."

"……."

"이런 이야기를 전하게 되어 유감입니다, 한채미 헌터님."

순백의 공간이 조각조각 부서져 내린다.

한성우가 유체화를 사용하며 생겨난 짧은 빈틈.

그것을 파고든 존 메이든은 무자비하게 구타를 퍼부었고…….

"……."

팽팽하게 당겨져 있던 한성우의 의식은 완전히 끊어지고

야 말았다.

마치 기계의 종료 버튼을 눌러 전원을 차단하듯 그의 모든 의지가 정지된 순간.

쿵---!

감옥처럼 그를 가두고 있던 백색 장벽들이 일제히 폭발을 일으켰다.

한성우는 비로소 상대의 정체를 깨달았다.

'존 메이든이 아니라, 백수현……?'

그러나 이어지는 거대한 폭풍에는 속절없이 휘말리고 말았다.

자신의 무명검에 장치되어 있던 마지막 기폭 장치의 작동.

그곳에 있던 누구도 저지할 수 없을 만큼 어마어마한 폭발의 시작이었다.

"……그게 깨지고 말았구려, 허허."

가장 높은 곳에서 상황을 굽어보던 백작이 가만히 웃음을 지었다.

그러자 악마왕은 쯧 혀를 찼다.

"죽은 건가? 아깝군. 정보의 일족에게 팔아먹을 수 있다면 좋았을 텐데. 요새 그놈들이 눈에 불을 켜고 있잖은가."

"흐음, 아직 죽지는 않았을 것이외다."

"모르는 소리. 멀쩡한 상태로 팔아야 값어치를 제대로 받아낼 수 있는 것 아닌가. 설마 코그니시앙 놈들이 고깃값만

치르려고 하겠나?"

"아무튼 아직 생명 반응이 있으니 잠시 기다려 보시오."

"그래그래."

인간과 악마는 이미 동업자였다.

시베리아의 악마궁에서는 카르테시오라가 백작에게 사냥당하기도 했으나, 백작이 백두산에다 악마계로 통하는 차원 통로를 개설하며 두 존재는 손을 잡게 되었다.

일시적인 차원 역류가 아니라 차원 통로가 만들어졌고, 몬스터라는 허상이 아닌 진실된 존재의 본질이 넘어온 상태.

카르테시오라는 지구의 신인류라는 조직의 계획에 대해 흥미를 보이기도 했다.

'이미 일본은 무너졌고, 한국을 발판으로 삼아서 중국까지 발아래에 둔다면…….'

신세계 계획의 완성을 이룰 수 있다.

"오오."

까마득한 안개 너머를 내려다보던 백작이 눈을 크게 떴다.

"보시오. 일어나지 않소이까? 아직 살아 있다니까."

거산의 일부가 뜯겨 나가고 지형이 주저앉을 정도로 거대한 폭발이었다.

그러나 당사자들은 용케도 살아남았다.

정말 놀랍게도, 그들은 크게 다친 곳도 없이 멀쩡한 상태였다.

딱 한 사람만 빼고.

"쿨럭, 쿨럭……."

중년의 마법사의 입가에서 흘러나온 핏물이 앞섶을 다 적시고 있었다.

그런데도 그걸 닦아 낼 수가 없었다.

정석진의 두 팔이 온데간데없이 사라진 뒤였으니까.

그는 천천히 눈을 감았다.

돌이켜 생각하면 조금 더 신중했어야 했다.

'신인류의 반지.'

모래 미로에서 그 일본인 여헌터가 그러했듯, 어딘가에 그 반지가 숨겨져 있을 확률이 컸다.

왜 그걸 놓쳤을까.

신인류의 반지는 무명검의 형태를 가장하고 있다가 마지막 순간에 폭발을 일으켰다.

일찍이 지구에서 겪어 본 적이 없는, 충격적인 위력의 대폭발.

[알림 : 특성 '야성'이 직관을 발휘하고 있습니다. '대단위 공격'에 주의하십시오.]

그래도 받아 내면 그만이다.

야성 특성이 메시지를 띄운 그 순간, 나는 반사적으로 방어 권능들을 전개했다.

바다거북의 등껍질을 비롯하여 충격을 흡수하거나 반사시킬 수 있는 모든 권능을 전부 끌어냈다.

'다치는 것을 완벽하게 피할 수야 없겠지만.'

그리고 나와 마찬가지로 가장 가까운 곳에 있는 한성우를 구해낼 수는 없겠지만…….

'최소한 내 뒤로 대미지가 넘어가는 건 막아 낸다.'

정석진 마스터와 춘향 선배가 다치거나 죽는 것만큼은 저지할 수 있을 터였다.

그런데 와닿는 충격이 전혀 없었다.

눈앞에서 막대한 빛과 열이 방사형으로 산란하고, 폭력적인 충격량이 온 사방을 휘감고 있었는데.

"뭐야?"

나에게 미치는 대미지가 전혀 없었다.

"……."

폭발하는 검을 쥔 채로 의식을 놓아 버린 한성우 또한 멀쩡한 상태였다.

춘향 선배마저도 마찬가지.

작렬하는 폭풍 한가운데에서 우리는 영문을 모른 채 눈을 껌뻑거리고 있었다.

그러다가 뒤늦게 깨달은 것이다.

"선생님……?"

"크어어어억……!"

정석진 마스터가 이를 악물고 있었다.

중년인의 어깨 위로 피어오르는 마력의 열기가 형형하게 느껴졌다.

그리고 그의 손안으로 집중되고 있는 천문학적인 파괴력까지도…….

[스킬 : '대미지 트랜스'.]

마력장을 넓게 펼쳐서 일정 범위 안의 대미지를 흡수하고, 그것을 마력을 소모하여 빠르게 감쇄시키는 기술.

즉, 가지고 있는 마력과 쏟아지는 충격량을 맞바꾸는 방어 마법이었다.

이론적으로는 마력만 충분하다면 모든 공격을 무위로 돌릴 수 있는 괴물 같은 기술이라고 할 수 있었다.

하지만 정석진 마스터는 그 정도의 괴물이 아니었다.

"커흡!"

그가 작게 기침하자 입가에 피가 흐르기 시작했다.

'역시 안 돼. 위험해!'

나는 황급히 소리쳤다.

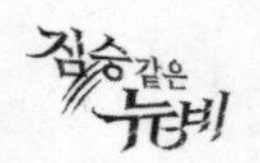

"이제 그만! 멈추세요! 지금 이건 선생님이 감당할 수 있는 정도가 아닙니다! 흡수할 수 있는 수준의 파괴력이 아니라고요……!"

그러나 정석진 마스터는 고개를 저었다.

"원호야, 여기서 누군가 죽어야 한다면 그건 내가 되어야 한다. 너야 말할 것도 없고, 올노운 마스터도 아직 할 일이 많아."

"하지만!"

"지금 내가 놓으면 춘이도 다친다. 아니, 저 애는 죽어, 반드시."

춘향 선배는 아직 무슨 일이 벌어지고 있는지 깨닫지 못하고 그저 멍하니 입을 벌리고 있었다.

"설마, 지금 선생님이 이 폭발의 대미지를 다 껴안겠다는……?"

그녀가 뒤늦게 깨달은 순간, 마법사는 끝까지 허허 웃었다.

"아까 원호가 힘을 아끼도록 해서 참 다행이지 뭐냐. 그렇지 않았다면 불가능했을 거야. 잘했다. 아주 좋은 판단이었어."

"마스터, 잠깐만요. 뭔가, 뭔가 방법이 있을 겁니다. 그러니까 제발 잠깐만……."

아주 오랜만에 머리에 쥐가 나는 듯한 느낌이었다.

나는 정석진 마스터를 방패로 써먹으려고 데려온 것도 아니었고, 이걸 대비해서 마법 전력을 아낀 것도 아니었다.

결정적인 순간에 공격 지원을 받고, 상황이 끝나면 빠르게 퇴각하기 위함이었는데…….

프스스스…….

"……!"

한계에 도달한 대미지 트랜스의 법진이 과열되고, 마법사의 팔이 벌겋게 타오르면서 잡아먹히기 시작했다.

기회가 사라지고 있었다.

그러나 아무렇지도 않게 웃는 정석진 마스터.

"너희에게 마법을 가르쳤다는 것이 내 자랑이다. 부디 뜻을 이루길 바라마. 잘 지내거라. 영구도, 춘이도."

"안 돼! 안 돼애애애!"

비행 마법이 전개된 순간, 나는 어떻게든 그를 붙잡으려 했다.

그러나 춘향 선배에게 저지당했다.

"……원호야, 놓아드려. 선생님의 뜻이야."

떨리는 눈빛에는 형언하기 어려울 만큼 많은 감정이 담겨 있었다.

"역시 춘이. 고맙다."

우리의 마법 스승은 싱긋 웃으며 날아올랐다.

이제는 그의 모든 것이 불타오르는 가운데.

결국 마법이 끝나고, 미처 흡수되지 못한 대미지가 상공에서 터져 나왔다.

입술을 꾹 깨문 춘향 선배가 방어벽을 펼쳤다.

[스킬 : '세이버스 실드'.]

콰쾅--!

그녀가 사용하는 방어 마법 중에서도 가장 강력한 것.

하지만 충격파가 지면을 후려치자 그마저도 균열을 일으키며 붕괴되기 시작했다.

"아악!"

선배도 비명을 내질렀다.

막대한 대미지를 받아 내는 방어벽을 유지하기 위해서는 상당한 양의 술식 연산이 필요했지만, 지금의 춘향 선배에게는 쉽지 않은 일이었다.

"……비켜."

나는 멍하니 칼자루를 붙잡았다.

그리고 세비지 에너지를 모조리 끌어 내기 시작했다.

에너지 충당? 그딴 건 걱정할 필요가 없었다.

[알림 : 특성 '야성'이 반응하고 있습니다.]

[안내 : 퓨리 에너지가 급속 충전됩니다.]

[안내 : 세비지 에너지의 합성이 가속됩니다.]

머릿속이 하얗게 변할 만큼, 거대한 분노가 나를 휘감고 있었으니까.

나는 그 모든 힘을 해청에게 전부 쏟아 넣은 뒤 상공을 향해 휘둘렀다.

어떠한 권능도 스킬도 사용하지 않은 순수한 무력의 발출.

콰오오오오오……!

힘이 충돌했다.

대결은 장대한 충격파를 만들어 내며 거산의 중턱을 뚝 잘라냈다.

발아래로 산이 뒤흔들리는 것이 느껴졌다.

이어서 우리에게 쏟아지는 집채만 한 낙석들.

"아, 어어……."

마력을 꽤 많이 소진했을 춘향 선배는 그 재해 앞에서 어찌할 바를 모르고 주춤주춤 물러선다.

하지만 나는 가볍게 움직였다.

[권능 : '도망자 치타의 폭주'.]

[권능 : '해결사 황소의 뿔'.]

[권능 : '어린 수왕의 팔'.]

수왕류를 포함한 3개의 권능을 동시에 전개하여 앞으로 튀어나는 것과 함께, 떨어지는 모든 낙석을 후려치는 것이다.

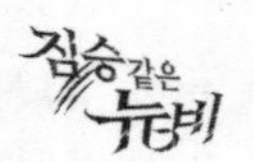

6개의 팔은 이럴 때를 위해 존재하는 듯했다.

콰콰콰콰콰쾅!

그렇게 모든 바위를 쳐 내어 파괴한 다음 순간.

……털썩.

나는 넝마처럼 망가진 몸뚱이가 지면에 내려앉는 것을 보았다.

두 팔을 잃은 마법사였다.

"마스터?"

"선생님! 선생니이임!"

나와 춘향 선배가 달려갔다.

그러나 우리가 할 수 있는 것은 없었다.

"쿨럭, 쿨럭……."

피 거품을 게워 내며 죽어 가는 정석진 마스터는 두 팔은 물론이고, 얼굴의 이목구비마저 다 사라진 상태였다.

회복 포션?

무의미했다.

마력은 흔적도 없이 사라졌으며 전신이 시커멓게 타 버린 그에게는 어떤 조치도 의미가 없었다.

"……."

"……."

우리가 할 수 있는 일은 전무했다.

그저 지켜보는 것밖에.

"음."

마법사는 마지막으로 입꼬리를 올린 채 마지막 숨을 거두었다.

화상으로 일그러져서 알아보기 쉽지 않은 표정이었지만, 그건 분명히 미소였다.

……마치 유언과도 같은 흡족한 웃음.

분노의 감정이 뱃속을 다 채우고도 남아서 목구멍으로 쏟아져 나올 것만 같았다.

"원호야, 너 때문이 아니야."

춘향 선배가 불쑥 말했다.

"알다시피 우린 헌터니까. 언제든지 일어날 수 있는 일이잖아? 그러니까……."

"자책하지 말라고? 네, 자책 안 해요."

"정말?"

"응, 정말."

나는 천천히 몸을 일으켰다.

한성우는 여전히 정신을 차리지 못한 상태였고, 우리 주변에는 부서진 바위의 파편들이 굴러다니고 있었다.

정석진 마스터의 시신은 그 아수라장의 정점이자, 우리가 처한 비극의 상징처럼 보였다.

아무리 만반의 준비를 하고 최선을 다하더라도, 누군가는 죽게 된다.

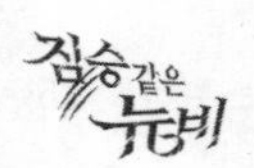

그런 세상이 되어 버렸다.

"……선배."

"응?"

"선배가 올노운 헌터를 데리고 내려가 주세요."

"내려가 달라니?"

"전선 아래로 퇴각하라는 말씀입니다. 이규란과 채윤기가 퇴각 루트를 같이 잡아 줄 테니까, 별문제 없을 거예요."

그러자 춘향 선배는 뭐라고 말하려다가 입을 다물었다.

'왜 자기만 후퇴하라고 하는 거냐고 반항하려다가 그만 둔 거겠지.'

그녀가 뭐라고 말하더라도 한 번 결정한 내용은 바뀌지 않을 것이다.

천지까지 올라가는 것은 나 한 사람이었다.

"너도 죽을 수도 있어. 그래도 혼자 갈 거야?"

춘향 선배의 목소리가 부들부들 떨리고 있었지만, 나는 기어코 고개를 끄덕였다.

그리고 내내 생각하고 있던 것을 털어놓았다.

"선배. 카르테시오라 공략에 성공하면, 난 잠깐…… 돌아오지 않을지도 몰라."

"응? 잠깐 돌아오지 않는다니? 그게 무슨 말이야?"

"악마계에 다녀올 생각이거든요. 가능하다면."

"……!"

선배에게는 충격적인 이야기였겠지.

하지만 나에게는 이 전쟁만큼이나 중요한 일이었다.

전쟁이 시작된 뒤, 한반도의 북부 대부분을 장악하고 있는 몬스터가 바로 악마종임을 알게 되었을 때.

우리 남매는 기대감을 가질 수밖에 없었다.

"오빠, 이게 악마계와 차원 통로가 열렸다는 말이야?"

"……아마도. 아니, 사실은 확실하다고 봐야겠지."

"그, 그럼? 혹시?"

신우의 반짝거리는 눈빛.

나 또한 침착함을 유지하기 위해서 노력해야만 했다.

"그래, 어쩌면 그 세계에 어머니와 아버지가 살아 계실지도 모르지."

여동생의 눈동자가 미친 듯이 요동쳤다.

녀석은 더듬거리며 말했다.

"저, 정말, 정말로……?"

"아직은 모르는 거야. 그냥 가능성이라고. 너무 기대하진 마."

"하지만 지금까지 난 가능성조차 없는 일이라고 생각했어. 부모님을 볼 수 있는 건 꿈이나 환각에서나 가능했단 말

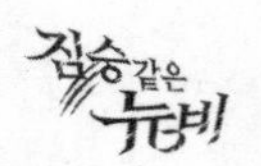

이야.”

“…….”

사실은 나도 그랬다.

사하라 모래 미로에서 환상을 보기 전까지는 나 또한 부모님이 행방불명 내지는 몬스터 웨이브에 휘말려 사망한 것쯤으로 알고 있었다.

그런데 그들이 악마계에 압송되어 갔다는 사실을 확인했으니…….

“오빠, 차원 통로를 찾으면 들어갈 거야?”

“응.”

부모님을 찾으러 악마계로 들어갈 것이다.

나에게 다른 선택지는 없었다.

“좋아! 그럼 나도 갈래!”

“아니, 넌 안 돼.”

“왜?”

“시끄러우니까. 넌 서울에서 얌전하게 윤수나 돌봐.”

신우는 과감하게 떼어놓았다.

사실 본인도 알고 있을 것이다.

무엇이 도사리고 있을지 모르는 악마계에 본인이 따라가겠다고 우길 수는 없다는 것.

상황이 불확실할수록, 공략대의 몸집을 줄여야 생존 확률을 올릴 수 있다.

“제발 조심해. 이젠 말하기도 지치지만.”

“난 항상 조심하고 있으니 걱정할 필요 없단다, 빙신우야.”

……그리고 지금, 그 통로가 느껴졌다.

춘향 선배가 정석진 마스터의 시신과 아직 정신을 차리지 못한 한성우를 챙겨서 퇴각한 뒤.

나는 백두산 정상을 향해 계속 올라갔다.

완벽하게 얼어붙은 얼음장처럼 차갑고도 투명한 하늘.

구름조차 범접할 수 없는 듯 텅 비워져 있다.

이곳에서는 여타의 공간과는 완전히 다른 마력의 흐름이 이어지고 있었다.

야만적이지만 정갈하고, 지구의 것과는 다르게 무색무취하면서도 묘하게 ‘방향’이 느껴지는 듯한 정순한 힘.

순수 마력.

여신의 말에 따르자면, 이 힘은 우리 세계의 마력을 정제해서 만들 수도 있다고 했다.

실제로 초기의 신인류는 여신으로부터 순수 마력을 제공받아서 그것을 토대로 여러 아티팩트를 만들어 사용하기도 했다.

내 추측에 의하면 이 힘은 일종의 ‘원자재’였다.

‘밑 재료로서 각 세계에 공급되고, 모두 다른 세계에서 각기 고유한 성질을 일으켜 마력으로 구체화되는 순서인

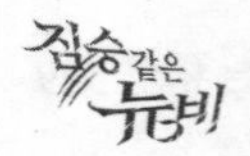

듯한데…….'

흥미로운 것은 내가 가진 신성 스탯이 이 순수 마력을 포식한다는 점이었다.

대신격 '영원'.

오래전에 사라졌다던 그 위대한 신이야말로 어쩌면 이 순수 마력의 원래 소유자였을지도 모르겠다.

그래서인지 나는 흘러오는 힘을 명확하게 느낄 수 있었다.

순수 마력은 저 백두산 정상의 천지에서 시작되어 범람하듯 아래로 흘러넘치고 있었다.

나는 그것을 고스란히 받아들였다.

[알림 : 신성 스탯이 1만큼 올랐습니다.]

[알림 : 신성 스탯이 1만큼 올랐습니다.]

[……]

'스탯이 올라가는 거니까, 좋은 거겠지?'

사실 모르겠다.

분명 내가 가지고 있는 힘이었으나, 신성이라는 스탯은 나에게도 100% 이해할 수가 없는 요소였다.

야금야금 한 단계씩 향상되던 신성 스탯이 뜬금없는 메시지를 내뿜은 것은 바로 그때였다.

[알림 : 신성 스탯이 한계치에 도달했습니다. 새로운 각성이 필요합니다.]

[안내 : 2차 각성에 도전하십시오!]

'2차 각성이라고……?'

나는 잠시 멈춰 서서 관련 정보들을 열람해 보았다.

[정보 : 2차 각성에 성공하는 경우, 새로운 기능 '탈각'을 사용할 수 있게 됩니다.]

[정보 : 2차 각성에 필요한 경험은 현재 공개되지 않았습니다.]

신성 스탯이 80에 도달하자, 더 이상 올라가지 않았다.

2차 각성을 이루면 '탈각'을 사용할 수 있게 된다고?

이건 또 무슨 힘일까?

왠지 처음 신성을 개화시켰을 때가 생각나는데.

'그땐 정말 아무것도 몰랐는데 말이지.'

용인 게이트에서 거짓 사명에 휘둘리던 라미아 여왕이 떠올랐다.

그 보스 몬스터에게 힘을 욱여넣으면서 거짓 사명을 통제할 수 있게 되면서 나는 신성 스탯을 개화시켰다.

2차 각성에 필요한 경험이 무엇인지는 알 수가 없었다.

아마도 스탯을 개화했던 그때보다 더 강렬하게 힘을 사용하는 순간이 필요할 듯했다.

'단서를 찾아봐야겠군. 어쩌면 새로운 게이트를 만들어 내는 능력이 생길지도 모르지.'

어쨌거나 지금은 걸음을 재촉해야 했다.

백두산 천지에서 나를 기다리고 있을 악마왕 카르테시오라를 향해서.

놈에게 죽은 정석진 마스터의 복수를 할 수 있도록.

"후우우……."

나는 깊게 심호흡하며 언덕 위로 올라섰다.

그리 멀지 않은 곳에 정상으로 향하는 산길이 보였다.

저 길 저편에 백두산 천지가 있었다.

순수 마력이 흘러오는 것을 보아 하니, 확실히 차원 통로가 천지 한복판에 열려 있는 듯했다.

동해 밑바닥에서 겪었던 그 마력 패턴이 느껴졌다.

그렇다면야…….

"……선빵필승."

아직 천지에 오르지도 않았지만 나는 그곳을 향해 대규모 권능을 전개했다.

[권능 : '수호령 흑사자의 빗장뼈'.]

쿵.

하늘의 한복판에서 시커먼 입이 벌어졌다.

그리고 백두산의 천지를 향해 거대한 창날들을 쏟아붓기 시작했다.

레벨이 받쳐 주기 시작한 뒤로 즐겨 사용하던 '유령 흑사자의 송곳니'의 다음 단계 권능.

콰콰콰콰콰콰콰콰콰……!

재앙적인 철의 폭풍우가 백두산의 정상을 강타하는 순간이었다.

"……으음?"

"오호라? 벌써 시작된 건가?"

백작과 악마왕은 나란히 탄성을 내뱉었고, 곧 서로를 바라보면서 웃어 대기 시작했다.

자신들의 머리 위에 열린 거대한 공극과 그곳에서 뿜어져 나오는 창의 향연 따위는 보이지도 않는다는 듯 느긋한 태도로 각자 할 말만 했다.

"내가 뭐라고 했소이까? 저자는 그리 쉽게 죽을 인물이 아니외다."

"흥미롭군. 이런 식으로 발동되는 힘이 있다니."

"쉽진 않겠지만 생포할 수 있을 테고, 정보의 일족에게 제

값을 받아 내는 것도 충분히 가능할 것이외다. 내 몫을 나눠 줄 준비를 하셔야겠소이다. 흐하하하하!"

콰콰콰콰쾅!

거대한 철창들이 공기를 찢어발기며 지면으로 내리 꽂히기 시작했다.

두 존재의 머리와 어깨 위 역시 마찬가지였다.

유령 흑사자의 송곳니의 상위 권능 '수호령 흑사자의 빗장뼈'.

최원호가 사용한 이 공격기는 단지 공격 무기를 자랑하듯 쏟아붓는 식으로 작동하는 권능이 아니었다.

각 철창들은 자체적으로 마력 반응을 탐지한다.

그리고 목표물까지의 낙하 코스를 알아서 계산하고 수정한다.

"……."

하나하나가 공대지 미사일처럼 투하되어 그 이상의 위력을 백두산 정상에다 쏟아부은 결과.

"켁! 케엑!"

"크와아아악!"

"끼에에에에에-!"

악마들이 죽어 나가고 있었다.

천지와 천지 근처에 숨어서 최원호를 치기 위해 대기하던 개체들이 하나도 남김없이 불타오르고 있었던 것이다.

[안내 : 등급을 알 수 없는 몬스터 '상급 오악마종 카리모르'를 처치했습니다!]

[안내 : 등급을 알 수 없는 몬스터 '상급 침악마종 아바라투스'를 처치했습니다!]

[안내 : 등급을 알 수 없는 몬스터 '상급 형악마종 에우세린'을 처치했습니다!]

[…….]

[안내 : 레벨이 올랐습니다!]

레벨 151.

적지 않은 성과였다.

힘을 아낌없이 사용한다는 것은 이런 일이다.

살아 있는 듯이 꿈틀거리면서 제 갈 길을 찾아낸 유도 미사일들은 잔챙이들을 한꺼번에 쓸어냈다.

그리고 천지 중앙부로 일제히 조준점을 옮기며 비행했다.

슈우우우우우우――!

얼음장 같던 공기가 흐르는 결에 상관없이 찢기고 갈라지며 일어나는 날카로운 파공성.

"이거 모처럼 설레는군."

"……방심하지 마시오. 예상했던 수준을 한참 뛰어넘었으니."

조준점의 끝에는 카르테시오라와 백작이 서 있었다.

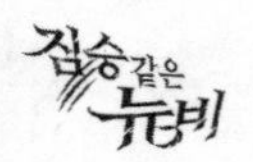

천지 한복판에서 뱃놀이라도 하듯 작은 나룻배 한 척을 띄워 두었던 두 존재에게 수호령 흑사장의 빗장뼈가 도달한 그 순간.

[스킬 : '악신화'.]

쿵---!

시커먼 파동이 터져 나오며 사방을 집어삼켰다.

그림자의 범람이며, 순간적인 개기일식.

마치 상공의 태양이 달에 가려진 것처럼 사위는 단숨에 어둠에 휩싸였다.

그리고 그 어둠은 최원호가 쏟아 낸 철창들을 남김없이 지워 버렸다.

허무하리만큼 간단한 소멸이었다.

"……."

완벽한 흑색을 이룬 악마이자, 현 시대의 악마계를 지배하는 마왕 중 하나인 카르테시오라가 순간적으로 자신의 격을 한 단계 끌어 올려서 주변을 잠식한 결과였다.

잠시나마 신의 격에 도달한 악마는 입가를 비틀며 웃었다.

〈자, 나를 즐겁게 해 보아라. 수종.〉

쿠르릉…….

웅대한 정신의 파장이 백두산을 흔들자 거산의 가장 깊숙한 곳에서 지각이 용트림을 일으켰다.

그저 입을 여는 것만으로 지하 깊은 곳의 마그마 흐름을 건드릴 수 있을 만큼 강력한 존재로 거듭난 상황.

카르테시오라는 킬킬 웃어 댔다.

〈네가 그 세계에서 내 '그림자'와 맞붙었던 것을 기억한다. 내 궁전을 가루로 만들어 버렸던 것 역시 기억한다. 이제 복수를 할 때가 왔군. 비록 그림자의 일이지만, 나와 전혀 무관한 일은 아니니.〉

환상은 본질의 반영.

그렇기에 이곳에 본질 자체로 현현한 카르테시오라 또한 최원호를 기억하고 있었다.

인간과 비슷했던 형태를 벗어던지고, 천지의 수면에 드리워진 그림자가 되어 버린 악마왕은 흡사 심연처럼 보였다.

그저 들여다보는 것만으로도 정신을 빼앗길 것처럼 깊고 어두운 눈.

악마왕의 전매특허와도 같은 마왕안을 다시 한 단계 끌어올린 마신안.

[알림 : 마신이 당신을 주시하고 있습니다.]

[알림 : 상태 이상 '정신 예속'이 발생합니다!]

[알림 : 특성 '야성'이 저항하고 있습니다!]

[경고 : 내면세계를 침범당할 수 있습니다!]

[……]

느껴졌다.

그림자처럼 넓게 펼쳐진 카르테시오라의 영향력이 보이지 않는 촉수처럼 일어나 다가오고 있었다.

'촉수는 취향이 아닌데.'

하지만 최원호는 그대로 두었다.

야성 특성이 자연스럽게 저항하는 것은 그대로 두었지만, 따로 정신 방벽을 끌어 올리거나 방어벽을 두르지는 않았다.

카르테시오라는 최원호의 생각을 훤히 들여다볼 수 있었다.

악마는 음산하게 웃었다.

〈……악마계에 진입하겠다? 그래서 네 어미를 찾겠다? 하하하하! 재미있구나. 어디 해 보아라. 이 분화구의 밑바닥에 악마계로 향하는 통로가 있으니, 나를 부수고 들어가 보아라……!〉

콰르르르르륵!

이번에는 보이지 않는 촉수가 아니었다.

천지 전체에 펼쳐져 있는 마신의 그림자로부터 시커먼 팔들이 솟구쳐 오르며 쏟아졌다.

최원호는 권능을 전개하며 날아올랐다.

[권능 : '어린 수왕의 눈'.]

눈에는 눈으로 대항하듯, 수왕의 눈을 열고 달려드는 팔들을 베고 가르면서 쉼 없이 돌진했다.

그러나 카르테시오라는 비웃었다.

〈그래, 놀아 보아라. 더 이상 소원이 남지 않을 만큼, 즐겁게 뛰어놀아라. 끝내 너는 내 손바닥 안에 있으니……!〉

슈우우우욱!

높게 치솟았던 최원호의 신형이 마신안의 한복판으로 낙하하고 있었다.

마치 그대로 뛰어들어서 그림자를 찢고, 천지의 수면 아래로 파고 들 것처럼.

하지만 카르테시오라는 그 모든 움직임을 읽어 내며 자신만만하게 킬킬거리고 있었다.

지켜보던 백작의 입꼬리가 자연스레 올라갔다.

"어제의 적이 오늘의 동지라고 하더니. 악마계부터 연결한 것은 역시 잘한 일이었구려. 흐흐흐흐!”

완연한 만족감.

그렇기에 그는 전혀 자각하지 못했다.

푸욱.

“크어억……?”

어느 사이엔가 등 뒤로 다가온 해청이 자신의 심장을 노리고 있었음을 조금도 깨닫지 못한 채, 털썩 무릎을 꿇고 말았다.

다음 권으로 이어집니다

ROK
MEDIA
로크미디어

One for all
원포올

일라잇 스포츠 장편소설

작렬하는 슛, 대지를 가르는 패스
한계를 모르는 도전이 시작된다!

축구 선수의 꿈을 품은 이강연
냉혹한 현실에 부딪혀 방황하던 중
운명과도 같은 소리가 귓가에 들어오는데……

당신의 재능을 발굴하겠습니다!
세계로 뻗어 나갈 최고의 축구 선수를 키우는
'One For All' 프로젝트에, 지금 바로 참가하세요!

단 한 번의 기회를 잡기 위해
피지컬 만렙, 넘치는 재능을 가진 경쟁자들과
최고의 자리를 두고 한판 승부를 벌인다!

실력만이 모든 것을 증명하는
거친 그라운드에서 당당히 살아남아라!

기갑천마

거짓이슬 퓨전 판타지 장편소설

종말을 막지 못한 절대자
복수의 기회를 얻다!

무림을 침략한 마수와의 운명을 건 쟁투
그 마지막 싸움에서 눈감은 무림의 천하제일인, 천휘
종말을 앞둔 중원이 아닌 새로운 세상에서 눈을 뜨는데……

"천휘든 단테든, 본좌는 본좌이니라."

이제는 백월신교의 마지막 교주가 아닌 평민 훈련병, 단테
그럼에도 오로지 마수의 숨통을 끊기 위해
절대자의 일 보를 다시금 내딛다!

에이스 기갑 파일럿 단테
마도 공학의 결정체, 나이트 프레임에 올라
마수들을 처단하고 세상을 구원하라!